2017 中国首个"文学之乡"典藏

觉醒的花园

马越 著

黄河出版传媒集团
宁夏人民出版社

图书在版编目(CIP)数据

觉醒的花园 / 马越著. — 银川：宁夏人民出版社，
2017.10

（中国首个"文学之乡"典藏）

ISBN 978-7-227-06768-9

Ⅰ.①觉…　Ⅱ.①马…　Ⅲ.①散文集—中国—当代
Ⅳ.①I267

中国版本图书馆 CIP 数据核字(2017)第 280306 号

中国首个"文学之乡"典藏
觉醒的花园

马越　著

责任编辑　王　艳
责任校对　李彦斌
封面设计　马春辉
责任印制　肖　艳

 黄河出版传媒集团
宁夏人民出版社　出版发行

出 版 人　王杨宝
地　　址　宁夏银川市北京东路 139 号出版大厦(750001)
网　　址　http://www.nxpph.com　　　　http://www.yrpubm.com
网上书店　http://shop126547358.taobao.com　http://www.hh-book.com
电子信箱　nxrmcbs@126.com　　　　　renminshe@yrpubm.com
邮购电话　0951-5019391　5052104
经　　销　全国新华书店
印刷装订　宁夏精捷彩色印务有限公司
印刷委托书号　（宁)0007083

开本　720 mm×980 mm　　　　1/16
印张　16　　　　字数　230 千字
版次　2017 年 10 月第 1 版
印次　2017 年 10 月第 1 次印刷
书号　ISBN 978-7-227-06768-9
定价　39.00 元

吉祥西吉　　文学花开

中共固原市委常委、西吉县委书记　　马志宏
西 吉 县 人 民 政 府 县 长　　武维东

一脉文心传万代,千古不绝是真魂。文脉不仅是一个地方精神的折射和文明的体现,而且在本质上更是一种认知的基石与发展的动力。

西吉历史悠久,文化源远流长。在月亮山下、葫芦河畔的这片吉祥之地上,回汉各族群众创造了灿烂的文化。农耕文化、游牧文化、红色文化等相互碰撞、相互交流、相互融合,形成了独具特色的民俗文化、丹霞胜景、红色圣地等四大文化名片,呈现出思想艺术俱佳、风格独特多样、雄浑典雅并存的艺术景象,有力地促进了全县经济社会各项事业的和谐发展。

改革开放以来,在县委、政府的正确领导下,西吉发生了翻天覆地的变化,全县经济繁荣、民族团结、社会稳定、群众生产生活水平不断提升,文学艺术蒸蒸日上、枝繁叶茂,结出了丰硕的果实。郭文斌、火仲舫、了一容、火会亮、古原、单永珍、牛学智、赵炳鑫等一大批有朝气、有才华、有创意的西吉作家相继亮相全国文坛,以讴歌时代、讴歌人民、讴歌家乡、凝聚力量、鼓舞人心为己任,辛勤实践,努力耕耘,创作出一大批优秀文艺作品,深情讴歌西吉改革、开放、发展的历程,生动描写西吉各族人民的生活,充分展示生活中源远流长的美好情愫,尽心阐扬"团结包容,奋进创新"的西吉精神,极大地激发了广大干部群众热爱西吉、建设西吉的热情,令人欣慰,让人振奋。尤其是 2011 年 10 月 10 日,中国首个"文学之乡"

落户西吉，又一次向世人证明西吉文学的实绩和西吉作家的实力，文学成为西吉的"铁杆庄稼"。

党的十八大以来，西吉县委、政府认真贯彻"四个全面"战略布局和"五大发展理念"，全面落实《中共中央关于繁荣发展社会主义文艺的意见》和习近平总书记在全国文艺工作座谈会、中国文联十大、中国作协九大上的重要讲话精神，西吉文学艺术事业如雨后春笋，空前繁荣，强势崛起，涌现出了马金莲、刘汉斌、王西平、西野、刘岳、李兴民等一批新作家，他们以独具特色的文学创作再次步入宁夏、全国文坛，成为西吉文学的新亮点。更为可贵的是周彦虎、王雪怡、李义、李耀斌、李继林、樊文举、火霞、马强、袁志学、康鹏飞、单小花等一大批坚守故土的作家，在繁忙的工作和生活中，坚持笔耕不辍，作品屡屡跻身全国文学大刊，成为新时期西吉文学创作的骨干和生力军。尤其是近年来，县委、政府全面贯彻习总书记建设经济繁荣、民族团结、环境优美、人民富裕的新宁夏指示精神，认真落实自治区第十二次党代会精神，大力实施"文化振兴"工程，西吉作家捧回了鲁迅文学奖、"五个一工程"奖、茅盾文学新人奖、全国少数民族文学骏马奖、春天文学奖、民族文学奖、飞天文学奖等全国大奖，捧回了一大批全国书画、戏剧、摄影、民间文艺等艺术作品大奖，这不仅为西吉文学艺术事业赢得了荣誉，也为西吉文化大发展大繁荣做出了积极的贡献。同时，还进一步激发了全县人民立志打赢脱贫攻坚战，与全国一道全面建成小康社会的坚定信心和决心，为实现"两个一百年"的奋斗目标和中华民族伟大复兴的中国梦奠定了坚实的思想基础。

2016年5月，中国作协在西吉启动了"文学照亮生活"全民公益大讲堂，中共中央委员、中国作协主席铁凝做了题为《文学照亮生活，生活照亮文学》全民公益大讲堂第一讲。这不仅是对西吉各项事业发展的肯定，更是对西吉文学艺术的鼓励和鞭策。县委、政府审时度势，为秉承文化传统，服务基层作家，汇集优秀作品，树立学习典范，弘扬"爱国、为民、崇德、尚艺"的文艺界核心价值观，为建设开放西吉、富裕西吉、和谐西吉、美丽西吉增光添彩，深入推进"文化振兴"工程实施，决定启动《中国首个"文学之乡"典藏(2017年卷)》项目,为全县有一定影响的作家、诗人编辑出版代表性、经典性的作品选集,旨在展示中国首个"文学之乡"西吉文学创作成就,为西吉文学进一步繁荣发展注入强大活力。《中国首个"文学之乡"典藏(2017年卷)》项目由西吉县文联负责实施,他们始终坚持"二为"方向、"双百"方针和"三贴近"原则,充分发挥"培扶人才,编研作品"的职能,以流芳百世为目标,选取了思想艺术性上乘的佳作,高质量完成了这套"典藏"的资料搜集、编辑校对、设计印刷等各项工作。今后,我们要将此项工作形成长效机制,一以贯之,使该项目成为西吉,乃至宁夏文艺界的一个响亮品牌,成为外界了解西吉的一个重要窗口,成为西吉文艺事业大发展大繁荣的一个具体看点。

《中国首个"文学之乡"典藏(2017年卷)》从现有的西吉作家中选取了在小说、散文、诗歌创作中具有代表性的郭文斌、了一容、周彦虎、李义、李继林、马强、马越七位作家,他们的创作各具审美趣味,各有艺术追求,既有西吉文学传统的一面,又有超越地域影响而呈现出的大格局,一定程度上代表了西吉文学发展的普遍实力。

挖掘历史,留住记忆;复兴文化,普及新知。相信《中国首个"文学之乡"典藏(2017年卷)》的出版,定会对促进西吉文化体系建设,提升西吉文学发展起到积极的促进作用。也期望通过本套丛书的发行,能够引起社会各界对西吉的进一步关注,汇聚更大的社会力量来推动西吉发展。

是为序。

序

郎　伟

在我的记忆里，马越是一个性情温和、言语不多的女子。二十多年前，我给马越所在的新闻班的同学们当过老师上过课。我那时年轻，三十岁刚出头，又是研究生毕业不久，所以心里面有憧憬，也充满激情，加上喜欢给学生们上课，故讲课效果还不错——学生们也因此记住了我。马越是通过听课记住了我的学生之一。许多年以后，大概是在一个读书讲座的现场，马越主动来与我打招呼，说她是我的学生，现在本地的一家专门为中学生服务的报纸工作，希望我能够抽出时间为报纸写点文章。

于是，师徒因写作而重逢。我不时能够收到马越寄来的报纸，也断断续续在她主持编辑的版面上发表过一些文章，据说有几篇文章在教育界反响还不差。大概半个多月以前，马越给我打电话说：近日她有一本散文集要出版，希望我能够为她的处女作写上一篇序言。坦率说，接到她的电话，我有点吃惊。我知道马越一直是一个称职而优秀的编辑，也知道她利用业余时间写作发表了一些散文，但在工作十几年之后能够出版一本散文集，却是我始料未及的。厚厚的一叠稿子寄来了，我认真地通读了全书，钦佩之余，便有了下面的一些感想和思索。

首先应该说，《觉醒的花园》是一本真情流贯、不事伪饰的书。

客观而言，散文现在已经成为一种大众性文体，社会上各行各业的人都在写作散文。然而，我们也必须指出，散文总产量的庞大并非意味着散文质量的提升，有大量的写作者未经任何思想和艺术的训练，便仓促为文、拉杂写来。结果，粗糙简陋的记述与不具审美特质的应用文字随便流淌，原本清澈流动的散文创作之河一时间变得有点混浊和芜杂。许多所谓的"散文"之所以不动人，其中最重要的一个原因是所表达的人生情感既不深厚，也不独特。所记述是人云亦云，所思索是肤浅而又肤浅。

读马越的散文，最深的一个感受是作者为文，"诚"字当头。生活和工作当中的感受，真诚其内，坦白其外，不做无病之呻吟，不事哗众取宠之包装。她写亲情，自然写来，本色动人。比如在《父母在的城市》一文中，作者写道：虽然和父母亲同处一座城市，但由于工作繁忙，某天中午却只能选择在父母家和自己家等距离的火车站见面，母亲拿来女儿爱吃的五香牛肉和马阿訇家的凉皮，女儿给母亲带来的是网购羊毛衫。母女相见，车站的嘈杂、混乱仿佛皆不存在，存在的只是不惧时光不曾磨损的人间亲情。

再比如，《写给我的薰衣草女孩——给女儿的信》，一共六封，细数女儿从小学到中学的生活点滴、心理变化，于关爱、呵护、不舍、眷恋当中，把一个年轻母亲的至深情感，如实道出。

我们认真读来，文章宛若水清见底的小石潭。现当代散文大家梁实秋有言："散文的美，不在乎你能写出多少旁征博引的故事穿插，亦不在多少典丽的词句，而在能把心中的情思干干净净直截了当地表现出来。"读马越的散文，可做如是观。

马越散文中的主要部分，是属于抒写性情类的简短文章。这类文章，一是对人生和岁月的真切感悟；二是因为职业的关系，属于作者在报纸特定版面上的"心灵絮语"。两类文章，可能写作的初衷有差异，文气却是相通的。我一向主张，做编辑者，无论是在出版社编辑图书，还是在媒体编辑报纸，抑或是在新媒体任职，都应该具有两个基本功：第一，有相当高级的文字鉴赏力；第二，自己能够写作好文章。对思想敏锐、见解超常的文章无感，自己的文字写作又不过关，这样的情形之下，如何才能去发现好文章，编辑好文章？"以其昏昏，使人昭昭"，未知可也。

马越大学毕业之后，一直供职于本地报社。近二十年以来，又一直在编辑一份主要面向中学生的报纸，但她于繁忙的工作之余，执着地读书、写作，虽然不见"大部头"的著作产出，但一篇一篇的精短散文却如雪片般飞来。这样的勤奋，确实让人心生敬意。我读她的这类散文，感觉除了真情流露之外，不少篇章，还颇带有些哲思，并非只是一些小心情的表达。她在《写给绿萝》当中这样写道："喜欢绿萝这种随遇而安、宠辱不惊的个性。它对外界只有最低的要求，更多的时候，它把主动权掌握在自己手里，对于活着的水土环境，它不挑不拣不计较不苛求，宠辱皆忘似乎到了没心没肺的地步，而自能活出一番风景。且看它优雅的枝条，奋发向上的叶子，还有一种淡然如菊的超逸和灵秀……活出了乐观、包容、坦然、自在，活出了自己的风骨，这是怎样的一种顺其自然又柔软智慧的境界呢？"读这样的文章，读者们当然会感动于花草的拟人化——状绘绿萝实则是为了抒发为人处世的原则与性情。花草无声，人间有情。风塑花形，恰如人跋涉于生活的激流当中，是进是退，向上攀升的意念从来根植于不容动摇的内心。

其他如《静默的舞者》《面前的花朵》《当时间穿过生命》《醒着的梦或玄思》《秋日冥想》等篇目，皆是托物言志，哲思玄远之作，其写作或发之于眼前风景，或远眺于头上星空，虽主旨不一，但一颗默默坚守、锲而不舍之心却跃然纸上，读来，不能不使人怦然心动。

显然，马越女士的文学创作只是犁开了第一片处女地。她开垦的这片土地，新鲜、潮湿，撒下了些微的种子，有了喜人的收获。作为享受过她种的"果子"的人，我们当然应该祝贺和鼓励她。但是，我也要叮嘱她：能够种出"果子"的人和能够种出色、香、味俱佳的"果子"的人，是两个不同的概念层次，也是人生和写作的不同境界。这其间，有着坎坷的路径和难以躲避的风雨。我只是心怀期待，在经历了岁月的磨砺、思想和艺术的艰苦锤炼和必要沉淀之后，马越的文字会变得越来越深沉博大和令人难忘。

是为序。

2017 年 5 月 14 日

目 录

四　人生咏叹

五　岁月足音

六　四季韵歌

七　名人感悟

八　青春寄语

后　记 / 240

一

闲趣散记

静默的舞者

当一个人想起舞者,脑海里大概同时会呈现华美的音乐,或热烈或轻柔的舞姿,激情、热闹的氛围。可在这里,我却有了在一个静默的世界,观看一场最自然的、天籁的、华美的、高贵的舞蹈的体验。这种体验是极平常的,是我养的几条小鱼给我的表演。

养的是在鱼市上廉价买来的小鱼,一元钱两条,成年人的小手指宽细,寸余长的身段上金黄和银色交织。起初以为是金鱼的一种,后来在卖鱼人那里得知,这只是一种彩色的鲫鱼,但这不影响我对它的喜爱。

这使我忆起小时候养鱼的经历。那是抓来河道活小渠里的一种小鱼,人叫"狗鱼",养在玻璃罐头瓶里,用孩子好奇的眼看着它拖着长长的"胡须"游来游去。现在都忘记了最终是放生了还是让它就那样在那个狭小的空间里了,但那时候就留下一个印象,鱼儿离开了河水很快就要黯然地走了。

现在看来,毕竟有这样一种彩色的鲫鱼易养肯活,我心里的亲切油然而生。养鱼不求名贵,我想我养鱼只求一种心情,甚至可以不去问鱼儿的名字,我心里叫它"小鱼"。

有段时间,鱼缸里的鱼儿相继走了,就剩下一条小鱼。有时想,鱼也是怕孤单的吧,但你看它的时候,它似乎并未流露出什么,似乎永远在很新奇地游动。你看它撒欢或闲庭信步在鱼缸,这个局限的烧杯大小的缸在它就像是大海,尤其你看它纵横"海底"的样子,好像虎啸着一跃而上或一潜到底,飞箭般锐利,大有"海阔凭鱼跃"的气势和胸襟。不局限于所处,不被看似的局限所囿，英雄不问出处，也许这是有灵性的物或人活着的一种极致的智慧吧。

当有了养鱼的经验的时候，我对鱼儿感觉更亲近了。

如今又添置了新鱼坛，冰箱上、茶几上、窗台上，都有它们的身影，它们是家常的伙伴，给屋里增添了居家的舒适和悠闲，陪伴着我世俗的生活。在我吃东西、看电视、睡觉的时候，常常会若无其事地看它们，它们或许也正看着我，我们的关系是那样的自在。很少喂食，它们的头顶上有一簇水养的绿萝，据说根上的物质就够它们活着。有时外出劳累了一天回家，无意瞥见它们摆动身姿，意识会在那一刻忽然柔软，感觉自己的身体也随其舞动，变得柔而美。最是那摆动的尾鳍，让我想起伦巴舞女的舞姿和舞裙。可人的舞姿、舞服又怎么能与鱼同日而语呢？

偶然凝神的时候，看着它们，就像是享受着一场静默的舞会，在生命的淡然里，带给你想象……

（原载于《宁夏日报》2009 年 5 月 26 日文艺副刊）

居家碎笔

清　静

屋子在喧嚣的街市中心，只要一下到一二层楼道，就能听到外面的人、车、街市各种嘈杂的混音，也许是习焉不察，这种声响往往能被听觉忽视，但却似一股强劲的风扑面灌耳，感觉这声音是一个巨大的气场，甚至能将整个身心抬浮起来，脚步送到街上了，人也就进了滚滚红尘……

街市喧闹，如果回到家也没有清静的空间，是很可怕的。好在屋子不临街，只要屋门一关闭，外面的喧嚣几乎就无从进来。住在闹市，回到屋里照样有清静，内心为此庆幸。外面的喧嚣提醒了清净的时光，让人倍觉难得。"结庐在人境，而无车马喧。问君何能尔，心远地自偏。"想必此佳句也是陶渊明修身养性达到了一定境界的所悟，因为他毕竟也很享受"采菊东篱下，悠然见南山"的脱俗、自然之境，把美好的人生和社会理想都统统留到了"世外"才有的"桃花源"里。

对于都市人来说，闹中取静也是需要心情的，犹如浑浊的水需要安静的放置才会澄清，心神的安宁还需清静的时空来过滤、颐养。

阳　光

屋子朝阳，中午到下午的一段光景里，阳光变换着脚步，一直在屋子里走动。

冬日，室外寒气逼人，屋里透进的阳光就分外觉得可爱。手捧一本闲书，找个舒服的姿势，慵懒地躺在靠窗的沙发床上阅读、小睡、看电视，一大片的阳光就像无形的热毯盖在了身上。它照着膝盖，暖暖的；它扑进你怀里，像个可人的小姑娘，热情得仿佛能给你一个吻；它照着你的眼睛，眼睛被它的调皮逗得眯成了缝儿，却能感觉到脸上睫毛被照着拉长的影子，仿佛自己变成了童话里的美人，从此有了一对长到能忽闪忽闪的弯弯睫毛……茶几上，阳光穿过一片明亮的玻璃，透在红色的地板砖上，冰凉的地板被刷上了一层柔和的光，也变得温暖了；有道光透过玻璃窗从茶几上反射到对面的墙壁上，瞧，它还在写生，墙上有杯子、小花盆的影子……那些影子不就是一幅静物画么？

这时，沐浴在阳光里，感觉活着便是一支快乐的华尔兹舞曲，舒缓、柔情而富有情调。

有时，怕阳光刺眼，拉过厚厚的窗帘，不经意窗帘留下了一道缝隙，阳光就从缝隙里走进来。屋里一片静谧，只有这一道光在黑暗中放亮，似一把时光锻淬的利剑，替自己刻着一段流光。而我会在这段黑色的流光里平静地想心事。我看到自己站在人生的风景里，驻足远眺，念人世浮沉，红尘滚滚……往事涌在眼前，太多了，就凝成一团风云，在眼前吹着，飘着，那么像人生，浩渺悠远，我知道我是在人生里，我也可以忽而忘了身在何处……

洁　净

吃饭后抹一下桌子，桌子变得光鲜。收拾了碗碟洗时，水龙头里的清水四溅着在碗里漾着圈儿，打起晶莹的水花，洗洁精泡沫被飞快地冲刷掉，瓷碗露出了洁白细腻的质地。喜欢这种碗碟洗涤出水后一派洁净的感觉，仿佛洁净在心头开了花，能让人闻到自然清新的味道。

洗锅刷碗时，顺手擦拭擦拭厨房里的灶具柜面，碗碟儿、醋瓶、盐盒儿，这些都会面目一新，泛着光泽来回报你的勤劳。

来拖拖地板。拖把在手里一前一后推移，顺便舒展胳膊。借着阳光看，只见地板砖亮亮的，熠熠生辉。拖完了整个屋子，环屋一看，感觉屋子亮堂了,像人一样,平添了很多生气,精神抖擞。

洗碗的时候,心里往往会很平静。这让我想起父亲说手里有了活,心里就不烦的道理。拖完地感觉身心也很放松,这是运动的好处,还有,房子把那股亮堂的神气也传递给了身心。

当懒于家务给人换得一时休养和舒适的时候,有时会发现,只要做起家务来,琐碎的家务活里也藏着不经意的令人愉悦的回报。

（原载于《宁夏日报》2007 年 12 月 24 日副刊）

写给绿萝

很多次有冲动,要为绿萝这种花草说点什么。

说起绿萝,它是我养花的启蒙者。

在对养花还是一片混沌,如对浇水的时机、喜光还是喜阴等经验都一无所知的时候,屋里的文竹、常春藤等看似好侍弄的花草,都了无生气了,只有绿萝很给面子,无论水多水少,花土贫瘠肥沃,一年四季,它的叶子总是郁郁葱葱,还不时生发出新的嫩叶,永远充满勃勃生机,给人提精神。

有一个阶段,家里阳台的衣架上、客厅墙上都挂着绿萝盆景。看一眼它枝枝蔓蔓袅娜垂着的枝叶,你便找到了养花的意义。后来,屋里的书架上,一盆绿萝长势很好,便一时兴起,把垂着的缕缕枝叶用小挂钩提上去,这样,它便围绕着书架给书籍搭起了四季宜人的绿荫……再后来,发现绿萝还能水培,于是,茶几的小鱼缸里也有了它的身影,鱼水的营养使它的叶子那么肥嫩可人……

很多次,在平常百姓家或大商场讲究的陈列柜台上,也能见到绿萝优雅的身姿……

喜欢绿萝这种随遇而安、宠辱不惊的个性。它对外界只有最低的要求,更多的时候,它把主动权掌握在自己手里,对于活着的水土环境,它不挑不拣不计较不苛求,宠辱皆忘似乎到了没心没肺的地步,而自能活出一番风景。且看它优雅的枝条,奋发向上的叶子,还有一种淡然如菊的超逸和灵秀……活出了乐观、包容、坦然、自在,活出了自己的风骨,这是怎样的一种顺其自然又柔软智慧的境界呢?

　　这一刻,躺在沙发上看绿萝,有那么一刻的静谧里,愿意轻盈成一株绿萝的叶,静静点缀在枝上,自由在红尘中。

(原载于《小龙人学习报》2015 年 5 月八年级花季版)

一个悠闲的早晨

这天，在早市摊上，我照例要了一碗豆腐脑。将碗里的辣椒油、香菜末、韭菜花、榨菜碎搅匀，舀一勺嫩白的豆腐脑入口，慢慢品尝：豆腐脑热乎、细嫩、滑爽，各种调料让口齿生香，浑身通泰。而这一刻，一缕早春的晨曦，清凉中不失暖意，正好打照在脸上，给人心无限的明亮……

吃完起身时，打开手机，手机上显示这一天是"雨水"节气。虽无雨水，可这预示了季节、时令的有序推移，是多么诗意的一天。

周末的清晨，偶尔会早起去门口的新华街早市。毕竟，一年四季按部就班上班的日子还是居多，每次去早市，这早晨的另一种"悠闲过法"让我非常享受。

一般我会简单梳洗一下，背上一个布袋，尽可能在几分钟之内出门。无论四季，清晨的风都是清新可爱的，让人精神焕发。早晨的街道似乎还在慢慢的苏醒之中，平时喧嚣的街上，此刻行人少，有一种难得的清静，这种静让人心也安然、清净。

百十步穿过一个巷子，隔着新华街远望那头的早市，已是热闹异常。

沿着街口走去，早市是一个 T 字形的街巷。一般我会边走边看边买菜，尽量将早市都转一遍。

这一刻，心灵没有负累，放慢脚步，在摩肩接踵的人群里悠闲地走走看看，步履应和着城市的呼吸，在熟悉的家门口微旅行，日子在风轻云淡中缓缓流淌……

早市带给人的感觉远远不止这些。

早市里有泥土的芬芳。现代都市和土地是隔膜的。可早市上，各种新鲜的果蔬，手上沾着泥土的农人连同那叫卖声，一齐带来了田园和土地的清新。看着水灵的蔬果，有时候会忍不住地买，等到回家的时候，才发现买太多提起来似乎都有点困难，但那种满足的感觉已经冲淡了这种顾虑……

早市有生活，有最浓的人间烟火气。这里真真实实连接着人们的灶台日子：蔬果、调料、牛羊鸡肉、锅碗瓢盆、日杂百货、鱼市花市……一字码开的摊点，就是热腾腾的生活。

早市里有市井人生，世态百相。逛早市的人，男男女女、老老少少都有，他们在这样的清晨出门，有的老人带着孙子在这里"赶集"，有的儿女用轮椅推着年迈的老人，买菜看景散心；有的或在赶着上班的途中，买菜购物，图个方便实惠。这方圆三五里的小区街坊经常来这里，有些街坊遇到一起了也打招呼拉家常，有些还和商贩们成了"老熟人"，走过路过会相互问候攀谈……

十多年来，有一位卖调料面的老人，一直就在十字路口的固定位置摆摊。他有着典型的长寿眉，老穿一件深蓝色的旧中山装，端正地坐个小板凳，有时手里捏根烟，从不吆喝，总是面目慈祥悠然自得，一副"愿者来买"的样子……每次路过看到这位老人，都感觉非常亲切，他仿佛是一个时光机，定格了时间。

最感慨的还是那些辛勤的农人和商贩，一年四季，无论寒暑，都按时按点来到这里。不难想象，为了赶这个早集，他们要起多早准备货品一路赶来，那些动辄一车的货品，一摆摊一收摊里，满是琐碎，也满是耐心，满是为了生活的打拼，分分厘厘，赚的是实实在在的汗水钱。而早市上，不到两个小时后，他们又要快速收拾起货摊赶回另一种生活……

看着人们为了生活这么努力，你再多的烦恼都会碎一地。

这天，我还买了自己常买的一家清真小花卷和小锅盔，见识并买了一种叫"儿菜"的蔬菜……

背着一布袋"货"回去的时候，正好路过新华街角新开的星巴克。外面是嘈杂的早市,这里散发着浓浓的小资情调,但似乎不觉得这一切有什么不和谐,生活就在这样巨大的反差里显得更真实,这种市井生活的琐碎平实与现代都市的情调反而混搭出了一种富有冲击力的美感。在我脑海中一闪这样念头的时候,大片的晨光正好透过玻璃幕墙,照在星巴克置物架的各种杯子上,此情此景好像是一张明信片的画面……

(作于 2017 年 3 月)

"为你读诗"的诗意

一次偶然，读微信朋友圈里的"为你读诗"，那天所读诗歌是阿根廷诗人博尔赫斯的《南方》。

音频文件有点卡，正好让我在诵读与文字之间转换着品味这首诗。和着名曲的配乐，男中音的朗诵沉稳、从容，咬字的节奏里传递出一种属于男性的深沉与克制，能感觉到声音之外的很多意味。我闭上眼睛让诗的画面浮现……

朗诵完了，也更愿意自己通过文字走进这首诗，去感受来不及咀嚼的诗味。也许是声音、文字这样的交替感知，诗里的画面越来越清晰：古老庭院，黑夜的长凳上，一位男青年凝望星空，思念恋人，也许是相思之苦给了他感受生命的敏锐，他把这种甜蜜的忧伤面对无垠的星空宇宙诉说，他说"这些布散的小小亮点"，多质拙的说法，他有孩子一样的可爱的心。"幽秘的水池""茉莉和忍冬的香味""沉睡鸟儿的宁静"……能听到悠悠的水声，能感受到植物的香气，能感受到鸟儿睡去夜的静谧，或者这样的说法并不能描述这样的充满禅意的境地，但你走进去了，和诗里的天地同在。

听诗读诗的那一刻，落入尘俗的那颗浮躁之心慢慢走向沉静，那读诗的人声音里流出的情感，激荡着生命的热流，那诗字字珠玑的美妙闪耀着光芒，于无声中走进诗里幽微的意境，这一切，似一双妙手轻拂蒙尘的心室，复苏生活的热情，留下兰香雅致……

把每一天过精致——"为你读诗"为生活设计诗意，也洞开生命的诗意之门，让你发现生活随处可会的诗意。

读诗的这一刻,感觉生命的每一天都是诗歌,哪怕曾经你走过最琐碎的尘世生活,哪怕曾经充满苦痛的日子。当你回头,用另一种心境看生活、走过的生命和未知的未来,这一刻,生活都可以是诗,你的生活被冥冥和自我共同演绎成艺术。

就如诗歌最后所言,这些看似平淡的身边的事物,"也许,就是诗"。

附:《南方》原诗 。

南 方

博尔赫斯

从你的一个庭院,观看
古老的星星;
从阴影里的长凳,
观看
这些布散的小小亮点;
我的无知还没有学会叫出它们的名字,
也不会排成星座;
只感到水的回旋
在幽秘的水池;
只感到茉莉和忍冬的香味,
沉睡的鸟儿的宁静,
门厅的弯拱,湿气
——这些事物,也许,就是诗。

（原载于《小龙人学习报》2015 年 4 月八年级读书版）

燃烧灵魂的火

——写给"中国好歌曲"

以前只关注一个歌手是不是会唱歌，即便唱着他人创作的歌曲，我们也会被歌声深深打动；而现在，唱作型歌手不仅会唱歌，且唱着从自己灵魂流淌出的歌，那种人歌合一的感觉，带给听者的感动，若再用"掉了一地鸡皮疙瘩"之类的词句形容则显得有点词穷，因为这感动融入了歌者自己的故事，混合着听者的强烈共鸣，有一种蚀骨的震撼，它仿佛一股火苗蹿进了你的灵魂，在熊熊燃烧你的灵魂……

这是近期看央视的中国好歌曲，尤其是决赛时那几首歌给我留下的强烈感觉，而这或许就是原创的力量。

自不用多说出自文艺世家的霍尊，以带有民族风温婉柔情的《卷珠帘》红遍大江南北最终折桂，我想要说说另几个人。

王小天是一个很草根的歌手，父亲是个蹬三轮车的，自己作为北漂一族每天的吃饭都成问题，但他唱作的《喵小姐》，却用十足温情、细腻的心灵，关注着一只流浪小猫，民谣曲风的吉他响起，"那个不回家的清晨又失了眠／又会想起那个夏天／我在这喧嚣里把你寻找／人见人爱的喵小姐……"听者在这样的歌声里看到了一个纯真少年。遗珠之战中，就是王小天作为底层歌者这抹心灵的诗意、曲调简单中的纯真质朴，最终打动了导师杨坤而"复活"重返好歌曲舞台。

蔡健雅战队的赵照，以一人一吉他安静演唱《当你老了》，曲风轻柔歌词诗意，导师刘欢现场点评中曾用"歌曲充满诉说，用词非常准确"等字眼高度评价了这首歌曲。其实,《当你老了》也是曾获诺贝尔文学奖的爱尔兰诗人叶芝于 1893 年创作的一首诗歌,唱做人赵照说他创作这首歌时,在作词方面很大程度上参考了这首经典诗作。赵照是在经典之上的再创作,让人看到了文学经典和作曲碰撞生辉的魔力。

歌手马上又是一个多年给电影配乐的幕后工作者,可这一次,他以一首充满甜蜜、自由、粗犷、怀旧气息的《她》走上了前台,唱得是他多年前尘封在箱底的旧歌,"我相信什么样的人有什么命 / 我相信什么样的人弹什么样的琴",台上台下,他充满人生感慨,慨叹好歌曲的舞台改变了他的人生轨迹,心随歌动,也在听者心中升腾起慨叹命运又超越宿命的生命元力⋯⋯还有向亚蓁用"铁肺"嘶喊出的摇滚《伤》,"伤 / 在胸口 / 拉扯着我 / 沸腾我 / 冲破所有的嘲弄",让人生出面对生命无所畏惧的力量;人到不惑的张岭用蓝调随性肆意"掏掏心窝子"的《喝酒 BLUES》,让人感受到音乐可以这样玩,生活可以这样地极度放松⋯⋯

也许有人会说,不懂音乐还谈的哪门子音乐?正如刘欢所说,我们不可小看普通听众的音乐鉴赏力,因为作为普通听众,我们不会玩音乐,但我们会听音乐,我们跟着原创好歌曲也达到了灵魂的一次次极致表达和宣泄。

原创原来是如此酷的一件事情。

是不是也可以这样推理,"以我手写我心"应该也是一件很酷的事情了。

（原载于《小龙人学习报》2014 年 5 月八年级读书版）

观字妙趣

文明发展到今天，虽然电脑录字改变了汉字书写的方式，但到目前为止，从孩提时握笔的那一刻起，写字便成了我们生命中天经地义的一件平常事。细想，一个人手握笔，用自己的母语——汉字，民族文化的符号和文明的结晶来书写，它又是多么优雅诗意的一件事。

小时候写字，最原始最朴素对字的欣赏大概是要"整齐、整洁"，慢慢地，熟能生巧，笔下的字或就带有个人的心情、心境、笔力、功夫乃至个性的多种印迹了。且不说"字如其人"，就是一字或字字落在纸上的情态，那也至少是你一时灵魂或心境的信息，或齐整有致或散乱潦草，或落笔生辉，依字大概都能判断出当时之心情一二。

没有专门练过写字，可"爱美之心人皆有之"的话也能用在写字上。记忆中，学生时代写作业做课堂笔记，工作后记工作笔记开稿费诸事宜，只要心力所及，横竖撇捺折，每一落笔，到运笔成字的一瞬，对字的每笔生成或落在纸上的样子都有一种美的期待。

不知道自己已经写过多少个汉字，但作为一个写方块字的中国人，又是从事文字工作，写汉字大概是基本熟稔的，但能否写得好字，那又另说。现如今自己面对写字有了新的体会，这与读书、阅历、欣赏眼光的慢慢成熟有关。

现在会留意身边的字，也会观一些字帖中每个字的运笔，竟生妙趣——觉得好看处，这种感觉竟和欣赏美景美人美物有贯通之处，直觉得赏心悦目，会随字的运笔或挥洒自如而豪迈，或娟秀飘逸而婉约起来，言其中气象万千也不夸张；也会留意一些大家影印的笔迹，文心笔意流露，仿佛能看到文字背后的人……

　　同学手里的语文课本后面都附有书法欣赏的文字，窃以为很富文化内涵，对如何写好字点拨精妙。最近翻人教版语文七年级上册的书，书末有篇短文《写好硬笔行楷字》，就很有指导性，文中提道："从一定意义上说，用心观赏是写好字的基础。要多看，把字的笔画、字形牢记在心里。看得多了，不光提高了鉴赏力，也容易写好字。"话列于此，愿与各位同学共勉。

（原载于《小龙人学习报》2013 年 10 月八年级读书版）

在石头上"写"字

汉字书法被誉为:无言的诗,无行的舞;无图的画,无声的乐。在我有机缘学了汉字篆刻之后,有几次拿起刻刀在石头上刻字的时候,忽然意识到,篆刻与书法同源,这里的"刻"也是一种很独特的"写"。

当然,用刀在石头上"刻"显然比用笔在纸上写费劲得多。但"刻",这种特殊的"写",也让人感受文字的魅力来得更深刻。刻字,在来回运刀的当下,一个笔画的成形并不是惯常用笔一挥,你的手、腕,甚至全身得配合在石头上运刀出力,石头的坚硬给下刀阻力,而这坚硬也给你相应的反作用力——随着石头在刀下被推出细碎的石末,你可在这被坚硬"拉长"了的"书写"中体会笔画的意味,体会整个字的结构美感和内涵。就这精心准备的石头,还有刻字的用心、用力、用时等,真不似平常用笔一挥而就的感觉,那一刻,你会觉得自己是穿越到造字之初的远古,用最尊贵虔诚的仪式对这个字做了一回祭奠,而这个字穿越千年依然鲜活灵动,却又充满历史的沧桑,文明的灵气,这一切遐想把思绪拉到久远苍茫的时空……眼前一个字就是一个世界,可谓"一字一乾坤"。

这也使我想起了篆刻老师也是新闻老前辈李笑的一番话,他说,一次篆刻要对文字玩味多遍。先要查字(通常是查出篆文),这是一遍;接着设计印章(印面中要表现疏密、离合等的艺术形态),又是一遍;往印面上用笔写出反字,再是一遍;最后用刀刻,还是一遍……篆刻对一个字或印文真是玩味到极致了,这看似繁琐的过程,又何不是千回百转、流连往复,对汉字文明的追念,对艺术趣味的苦恋……

这样想着,就觉得,不用说一幅书画作品的意趣,单是落在那书画上的一枚印章,就让人感受到来自历史深处的汩汩的文韵芳香了。

听说同学们的美术课堂上也学篆刻,写此小文做一交流。

（原载于《小龙人学习报》2014 年 11 月八年级花季雨季版）

石头的秘密

　　小时候,我和小伙伴们在故乡的河湾里玩过白色的石头。常常是几个人捡到这种石头后,每个人抓起两块石头互相碰击、火星迸溅,那一刻小伙伴们就都开心地笑了,许是为看到火星或火星产生的神秘吧……

　　大了后,常常看到有人收藏奇石。对收藏石头我是无知的,但却被收藏引出了一种好奇。在贺兰山下的荒野里,在黄河边,我无意有意地捡拾过一些小石头。按自己的眼光挑选着,拣着拣着,我发现每一块石头都是独一无二的存在,每一块石头仿佛都有一双自己的眼睛,它在时间无涯的荒野里静静地守着永恒。也许永恒也不是永恒,它本身藏着多少沧海桑田的秘密我们无从知晓,以人匆促的生命根本无法探究它的过去,那一刻任何一块石头都在我眼前变成了饱满的生命,或历史或哲学地存在……

　　我不知道对于真正的石头收藏者,这石头背后又有什么耐人寻味的秘密或诱惑,但我从捡石头发现,每一块石头都不可忽视。

　　拿回家的那些大大小小的石头,如今在我的书架、花架、窗台上,看到它们,仿佛就能听到大自然的静谧。有一块小石头,我把它摆在一个木头的小盒子上,立马,拳头大的石头就像一座山了,壁立千仞,而你仿佛被缩小成了点,置身在幽谷里仰望……有两块石头很有意思,一块像自己曾经学过的历史课本上画出的早期人类的狩猎石,前面有钝头;一块是灰黑交错纹理的石头,拳头大小,有很平的一面,正好放在书桌上做"镇石",已经被我的手摩挲出了光滑的感觉……

　　于万千的人中与人相识相知是一种缘,于万千的石头中,经你手拿起的这石头呢?

(原载于《小龙人学习报》2009 年 11 月 30 日八年级花样年华版)

奢侈的时光

熄灯后,屋子和沉沉的暗夜融为一体。

很多时候,这一刻,躺在床上,我会如约守候中央人民广播电台的节目经济之声财经夜读。听着枕边收音机里主持人磁性的声音——那静静的、轻轻的、温柔的声音,心就会变成一片轻盈的羽毛自由漂浮;熟悉的背景音乐缓缓流淌着,直把夜调成了一杯香醇的葡萄酒,优雅,品位,心里生了喜悦的、忧伤的淡淡情愫抑或无喜无忧的虚空和宁静……

诗意也许是种飘忽的情思,更不想矫情地去向这个词附会点什么。而我却要说,收音机那样一个小小的盒子,隐在暗夜,却成了一架华美的无与伦比的艺术品,电波的魅力在这一刻无法阻挡,把夜装扮得高贵而静美——不能不说收音机这个魔力的声音在平凡生活的这一刻,的确拨动了你感受生活的那根心弦,你会发现生活的诗意。

锁定的这档节目里有职场故事、人间亲情、世间感悟、经典阅读……这些美文通过主持人的声音和背景音乐,穿过岁月的云烟,幻化成人生的诗意画面,可以体味一段别样人生,或唤醒一段旧时光。春有百花秋有月,夏有凉风冬有雪,人生四季,声音在心头亦带来风景无限……

深邃的黑夜,被声音点化得如此艺术;那么一瞬间,心被带入一种广大和沉静之中,仿佛不见了声音,可以俯瞰人生,趣味良多。这种趣味静默在心头,散散淡淡,似有似无的,是一种无痕的消遣……

人生匆匆,溜走了几多时光,偶回首终究都成了一片空茫,而有收音机的陪伴,这午夜时光令我常常以为在享受人生的奢侈……

(原载于《小龙人学习报》2009 年 12 月 7 日八年级读书版)

◎ 闲趣散记

市井里的书屋

有段时间，我住的小区附近的街道上有了一家折扣书屋。这间书屋夹杂在饭馆、发廊等店铺之间，并不显眼，但不经意间瞧见店名：清风朗月——便忽然感觉这书屋在商业和市井的喧嚣里给了人一点清幽。

因为上下班路过，有时会进去。

这书屋的店面小，店里三面摆着书架，中间就留下了成人一大步宽的过道，而这个过道里也随意地堆放着捆扎的书籍、零散的杂志。书屋主人一副无所谓的样子，似并不在意这样的凌乱。这在进书屋买书的人看来，倒也多了一种翻书找书的自在。

这个书屋很多书价格都是半折或者更低，虽价廉但也有很多好书。我时不时进去一逛，总有新发现。除了很正规的文学书籍外，某类比如《不上班的 N 种活法》的非主流书，也让人脑子忽然一转——即使不看内容，书名也让人反思活着的现状——习惯性地上下班循规蹈矩地活了很久了。有些书籍，在大书城，也许因为看完就完了并不会留存，所以永远不会买的，但这里因为价格低就当杂志一样会买来浏览，比如《美国脱口秀女王：奥普拉传》……

正当我感受到买书、阅读便利的时候，一日发现，书屋变成了麻辣烫店——也许书店主人的生意并不好。现在每当走过这家店面的时候，不经意间还会张望一下熟悉的门面，会想起这麻辣烫店的前身是书屋……

（原载于《小龙人学习报》2009 年 12 月 21 日八年级读书版）

买扇品字记

一日闲逛到一卖扇子的摊上，见有一种扇子：木质的扇骨，扇面是发黄的丝布，有点仿古意味，再配以扇面上的画作诗文，不禁心动。想，夏日里摇扇纳凉，亦不时赏花品诗，该是很惬意消闲的事，买一把吧！

有一把扇面上没画，是王羲之的书法作品《兰亭集序》。想，买了这样的扇子，要懂得如何欣赏书法才好，虽最终没选这把扇子，但我记得自己曾在转书店时买过一个书法帖，正是王羲之的书法作品《兰亭集序》。于是回家后，便在家里的书架上翻出来，兴致颇浓地开始看书帖在书法历史上的地位，了解王羲之的生平，看文章欣赏书法，也同时重温了《兰亭集序》一文。

随后，我还找出人教版八年级上下册语文书(因为有给同学们编辑报纸之便，正好记得，在课本最后都附有书法欣赏)，其中正好有王羲之书法欣赏。翻到这几页时，内心获得了一种极大地被引领的满足，便如饥似渴地读起来。文章从笔画、结体、章法三部分进行书法赏析……

看着赏析的文字，对照着看书帖，这"书圣"的作品字字有乾坤，感觉简直被引领到炉火纯青、尽善尽美的境界，也体会到了笔墨舞蹈的艺术雅趣。

（原载于《小龙人学习报》2011年6月13日八年级读书版）

闲印闲读

　　单位有位年事已高的新闻老前辈李笑，退休后的生活风生水起，春夏在郊区种菜养花，闲余搞篆刻。一次碰面谈及篆刻之事，他借我一本篆刻入门书。学篆刻往往以忙碌为由难以实行，在此暂且不表，翻开书，书末辑录的一些闲印文字倒常常令人玩味。

　　所谓闲印，一般又叫诗文词语印。闲印带有一"闲"字，有闲暇、品味之意，它是篆刻类别中最具有艺术特质的一种印章，或者说它完全是纯艺术的玩法。闲印常常以押角印的形式，大量使用于书画作品中，不仅可调整点缀画幅的章法，同时也可增强作品的表现力，深化作品的思想境界。

　　闲印不赘言，且看看这些闲印文字，从二字到九字以上都有。平常生活中，只以为成语因其内涵、故事可以单独玩味外，二字、三字词语必须联系上下文才有生命和意味，可闲印的文字让我惊叹字里乾坤。"听雪""望云"，只字片语就成了一幅心画，画里有绝美的意境，这意境可由人任意神往想象；"散淡""笃实"，区区两字，就见人心之追求与境界；"石癖""墨趣"，亦是寥寥二字，却透露十足的艺术雅兴……再看三字与四字印时，也发现一字之间存妙趣：四字印有"人淡如菊"，三字印可做"淡如菊"，这一字究竟是多了抑或是少了？读"人淡如菊"，中国人公共的文化偶像陶渊明就戴着斗笠出现在心里，而"淡如菊"可以赋予世间万物以如此品性，或还可做他解，真可谓妙趣难言。

　　还有多字闲印，如读书主题的："笑读古人书""人生唯有读书好""读书能变化气质"……

这天,闲印闲读,品味之间,这寓意吉祥、意境深远的文字,让人有了偷得浮生半日闲的清雅时光。

（原载于《小龙人学习报》2011 年 10 月 17 日八年级读书版）

田园禅趣

那是一片初夏郊外的田野，四野碧绿。

远望，村人的屋舍放逐在一片无垠的绿海里，听不到狗吠鸡鸣，亦少有人声，俨然世外乡村的童话。

我和好友菊子各骑单车，一路向乡村公路的纵深处放飞。菊子雅兴，用手机放出音乐，歌声在这田野里扩散得像影子。而这不妨碍我们一边骑一边享受旋律，更多的，就算不听音乐，这样的姿态也带着放逐身心的不羁。

骑着车，由起初的加速度渐慢下来，也不知道自己到了何处。累了，我们不无默契地选了一个地方歇息。就近有一道低矮的田埂，田埂一边是一望无际的稻田，一边是一片水草丰茂的芦苇荡。在靠近芦苇荡的田埂下，阳光反射着一道耀眼的亮光，哦，原来这里出人意料地流淌着一道细细的清流。就这里了，我们铺张报纸就坐下来。

脚下的清流在阳光下蜿蜒地流淌着，我们一路的疲惫随着脚下的涓涓流水慢慢退去。这可真是一股秀气的水流，水底下是温软的黄色的泥土，遇到被树枝或石块截流的地方，便知趣地拐了弯，像银亮的小蛇一样从容不迫地舞动出波浪，不时调皮地眨眼一样闪烁出斑驳的光亮，还叮叮咚咚若有若无地吟唱着小曲儿。我被这小小的清流迷住了，低首看下去，拨开周围的青草，清澈的水流被阳光抚摸得温热，手指触着水，温润入心……哦，这水流边还有许多小蜗牛，眼前，有一只正一丁点儿一丁点儿地在湿润的泥土上潜行……

和平时肆无忌惮的聊天不一样，现在我和菊子各怀心事，并不多话。

回到田埂上坐下来，远望，近看，目光在田野的四周肆意旅游，最后落在一株在微风里摇曳的芦苇上。

不贪婪，只把目光锁定在蓝天、白云，一株或几株苇草构成的简单画面里。风如水流淌，无声无息，苇草轻轻随风摇曳，任风如何吹如何摇，她都不带一点造作。她摇曳得那么舒缓、自然；摇曳得那么无拘无束，无欲无求；她摇曳出了柔软、舒展和无与伦比的静谧；摇曳出生命的灵性和神性。她又似在无声地诉说着大自然或宇宙的密语，睿智而超然，在尘世的风里随心所欲不逾矩，悠然自得，放浪形骸。

那时，隐身在田野深处，天地一片静谧，人透明成空气，心是一枝芦苇。

（原载于《现代生活报》2007 年 6 月 22 日）

让时间放慢脚步

当现代人的脚步越来越匆忙,以致忘了为何奔忙的时候,有人开始反思生活的方式和意义,提出了"慢生活"和"慢阅读"的理念。这是为了矫正从匆忙到盲目的脚步而做出的及时调整。

这里的"慢",并非一味主张散漫和慵懒,更多的是让人们学会一种以自然与从容的心态,安排好工作、学习和生活的能力。在人生的路上,每个人都要面对无法回避的终点,慢些又何妨?

当你一直埋头学习,辗转题海,感觉忙碌到焦躁的时候,或许你真的需要休息一会儿了。有时候,休息的方式不仅是躺下或睡觉,还可以是做你喜欢的运动,读喜欢的书,听喜欢的音乐,甚至做做家务,打扫屋子,浇浇花,做做饭⋯⋯

你会发现,在喧嚣忙碌的生活里,这些做法能让人的灵魂慢慢回归平静和安宁。时间好像放慢了脚步,那就这样享受属于你的"慢时光"吧!

(原载于《小龙人学习报》2012 年 4 月 23 日八年级读书版)

耳环的亮度

如果能选择做男孩或女孩,你怎么选? 纯属天性的游戏,儿时和邻家的玩伴们就一起做过这样好玩的选择题。那时凭感觉想出的几点理由让我脱口而出——做女孩! 女的可以戴耳环、可以穿裙子,穿一切花红柳绿色泽艳丽的衣服……这几点理由虽是由感觉生发,却在儿时的心里很有力量无可辩驳,这些看似孩子气十足的幼稚的理由,足以支持我很认同甚至激情地做女孩子了。

爱美之心是天性里从小带着的,尤其对于女孩子。这里单想说女性之于耳环的闲话。

耳环这装点物,也就女人不嫌麻烦,要说来真是可有可无。抱着宽容和理解,此观点也可苟同。但意识里,女人本来就是细碎的,细碎让女人更女人,耳垂上的那么一点点风景,自能摇曳或点缀出一种独属于女人的风姿或柔媚,又怎么能说可有可无呢?

从儿时起,我就对扎耳朵眼充满着渴望。那时,每年阴历的二月二,老家女孩子除了要剪头发(可能是因为这是春天来临草长莺飞的季节,依此吉利的时节,有了头发也会长得快些的祝愿),还要扎耳朵眼。村里有一个很泼辣的女人包揽了此项业务,用一颗花椒把耳垂揉一揉,当作药理上的麻醉(其实也许根本是心理安慰),然后就用缝衣针一下穿过耳垂,戴上一根红线,红线上坠一个白面的小豆豆,这就算完事。据说,年龄越小扎耳眼就越能长得快而不发炎。记得大约七八岁那年,母亲像履行一个正式的仪式一样,领着我和妹妹去这个姨家扎了耳朵眼。刚扎完,耳朵还在疼、流着血,但爱美的急切抵过了疼痛,就屁颠颠地急着跑回家照镜子了。其实在没扎耳眼前,我就试验着用细铁丝扭一个小圆环,环里再套一个小玻璃瓶打碎后瓶口的小环做坠饰,硬生生地夹在耳垂上当耳环,虽耳垂被夹得胀疼,但为了美,也全然顾不了那么多。到如今我还能回想起那时戴着这样简单的"耳环",自己为也许仅仅是假想的美陶醉的样子。

如今扎耳眼远不是那么原始了,变得很容易,在很多美容或美发的店里,都有枪打耳眼的业务。曾问过朋友会不会疼,当然想来也是会疼的,但扎耳眼的女性为了美也是在所不辞。有人为了个性和好看,还打好几个,连男人也在赶这样的热闹。

在中国,职业女性一般很少戴耳环或者要戴也都是耳钉了,这在我看来常常是一种职业女性的缺憾。一次看电视,发现外国新闻女主持人也有戴着很夸张的耳环播新闻的,她们常常是一脸严肃地说事情,但摇曳着的耳环装饰了性别,又让人感到一种自然美,一点儿没因此消减职业的正式和严肃性。前段时间看电视,发现中央台一位严肃的新闻女主持人竟然也戴着耳钉主持节目了,这种主持人着装里很微小的细节变化却让我蓦然有了一种感动。

女人爱美,不仅是衣服,就在耳朵上那么一点儿风景里也很花心思。有人看来的确是啰唆,可谁能否认这不是一种细致的生活态度呢?谁能说这不是合理地追求美?不是热爱生活、不是生命力蓬勃的彰显呢?耳环,摇曳在女人的耳朵上,能让女人很微妙地生动起来,美在外,也给了生命光彩和亮度。

（原载于《宁夏日报》2006 年 9 月 25 日副刊）

面前的花朵

心情有些莫名的芜杂。起身走进小屋,阳光透过玻璃窗安静地倾泻进来,也洒在这盆小花草上。

凑近了去看这盆小花草——近些,再近些,不由自主地,我用很亲昵的姿势在端详她了:枝叶从最初的蔫黄、憔悴,已经出脱得有些娇嫩、婀娜了,现在整株花草泛着新绿,嫩肥的枝叶像一串葡萄似的,斜逸出的身姿垂在花盆一边;更让人有点意外的是,依偎着曾经单调的主根,有一棵嫩芽正在悄悄探头,芽儿嫩黄嫩黄的,她最初的生命力似乎带着一丝胆怯和害羞,可她又是那么幸福地依偎在"母亲"的羽翼下……

这盆花草到现在已经养了过百天了,其实,最初,她是我"捡"来的一株花。

去年冬天一次去学校接女儿,女儿所在的班级还没下课,隔壁三年级教室里的孩子们已经开始大扫除了,我便站在这个教室的玻璃窗前等着女儿。孩子们永远是欢闹的,透过玻璃窗我看着孩子们手拿笤帚稚拙地扫着地的样子,无意中视线落到了窗台上的一盆花儿上:我并不知道花的名字,只见桃红的小花一朵朵紧挨着开得很热闹,细看每个小花有四个小花瓣,单看很精致的样子;花叶娇嫩欲滴,还泛着微微的紫红,让人联想到农村山野疯跑被日头晒山风耗却异常健康的山里少年;再看看盆里的花土,沙质的土已经干得发硬。我不禁走进教室提醒一个打扫卫生的男孩,要给花浇浇水了。孩子随即接来了水,他边浇边有点惊奇地对我说:"阿姨,你看这里有一枝花断了!"说着,他用手拿起一段花枝,看了一下,准备当枯枝扔掉，我就从男孩的手里接过了这半截枝叶。

这半截枝叶虽仍带着些许绿意，但已经有点儿发蔫，枝干的断处变白、发干，似乎不像孩子们淘气弄断的，猜测是盆土太干从花根上脱落了的。带着一点侥幸的心理，我从包里掏出一张餐巾纸，轻轻把它裹了起来放在包里。说实在话，我真正的动机是这个花草的花朵吸引了我，舍不得就这样扔了；另有一个原因是，自己刚培养了一点儿养花的兴趣，想回去试栽一下，看是否能活。

回家后，我从阳台上拿出一只有土的花盆，用手指挖出一个小坑，埋下了这段枝叶的主干，一次性地浇透了水，就此开始等待花草"复活"。随后的日子里，我也常常会有心地看看它的样子。记得过了当夜，就在第二天上班前，我就觉得它的枝叶比以前饱满了些，又想许是自己的心理暗示。大概一周后，才确信自己的感觉是真的，它真的慢慢缓过劲儿来了，枝叶从最初的苍白、蔫巴，开始在绿意中带着亮色了，枝叶亦开始变得饱满；后来，顶端的枝叶上两个三个地冒出了小叶，米粒大小，嫩绿嫩绿的；再后来，顶头原有的枯了的花枝周围长出了一簇新的小花苞，有一天竟三个两个地竞相绽放了……

我把它看作我养花的传奇。若说起初它只是一段枝叶，在盆里看着有点单调的话，眼前，这盆花草离开了"母亲"后已经获得了新生，它的枝叶繁茂，透着生命的热力，是一盆名副其实的花草了，它的花儿怒放过，已经开过又谢过，含着生命来去淡然的美。

眼前，它仿佛在注视着我，能无声地跟我对话；我也静静地、爱怜地看着它，看它的枝叶，看它身下的小小泥土，一瞬息，似乎是它拖牵着我的手，悄然飘到了另一片天地，很远很远的，那里空气很清新，有一片绿色在摇曳，无意中能听到蜜蜂在飞绕，还有亘古的山石，那里的时间是停止的……

后来偶转花市，问起卖花人，才知道这种花的名字叫"满天星"。

与其说是我侥幸等待着花的"复活"，不如说它原本是带着生命的，如此，才有了我和它这一段的邂逅。

前几日读到日本作家川端康成的文章《花未眠》，许是有一点养花的经历罢，我被他的文字深深吸引了，文中有这样一句话尤其打动我："如果说，一朵花很美，那么我有时就不由地自语道：好好活下去！"

（原载于《宁夏日报》2009 年 3 月 10 日文艺副刊）

给我一点点好的音乐

这个喧嚣的世界，光怪陆离，诱惑很多，有时候会弄得人手足无措。但当沉静下来的时候，会发现自己需要的东西其实很少，甚至只给一点点好的音乐便可。也许就是那么一支曲子、一个旋律，就能让人饱享生活之美。

偏爱听钢琴曲，打开电脑，随自己的心境点一支经典的钢琴曲，如贝多芬、莫扎特、巴赫、门德尔松的曲子。反复听，一点点地，情绪被渗透，带入到音乐营造的情境。此时，一支好音乐就是一首百解的诗、千赏不厌的画，只在你的心上流淌，缱绻成华丽的忧伤、幸福的憧憬……曲子没有歌词，你的心情就是歌词，这样的音乐里，有你即时即刻饱满的人生感受，有你来不及诉说或只想自我珍藏的心事……音乐抚慰柔化着你，滋润着你干涸或变得僵硬的灵魂。

和好的音乐合二为一的灵魂是富有教养、高贵、迷人、芬芳的。

不会一门乐器，是否就可以说成不懂音乐？我不以为然。

不会乐器、不懂高深的音乐理论，但不妨碍一个人去听，去感受。很多时候都在庆幸，有别人用灵魂创作的音乐让我们尽情享用。

（原载于《小龙人学习报》2011 年 11 月 28 日八年级花样年华版）

看一朵花的开放

当自己慵懒、舒适地躺在沙发上看电视的时候，很多次，我的视线都会被屋里窗台、茶几上的那几盆小花草所牵引。

窗台上，那是一盆小玫瑰。前几天我在花市上遇见它，看着它，即刻被它可爱的小花苞所吸引。刚捧来时，它只开着一朵小花，还有五六朵含苞待放。不几日，花苞们已渐次开放，一朵比一朵高一头，让我想到了"天天向上"几个字。

小玫瑰的花骨朵像成人的手指头肚儿一般大小，看惯了花店的玫瑰，初看，这朵真小了去了，但随即，我对它的感觉立马变化了，觉得它许是小气了些，但更是玲珑，就像小娃娃的脸儿。很多时候，看着比大人的精致。当你有心去看它一眼的时候，你会发现，这些花骨朵似乎在向你微笑，而它们的容颜是如此姣好，你的心是愉悦的；但几日过后，它们已是"美人迟暮"，我心里充满了怜惜，可它们还是从容地面对着我。有一天拉窗帘时不小心一碰，有一枝掉在了窗台上，我想本来让它静美地开放、凋谢多好，可……但仔细一看，它的花枝上似乎有一个节点，待它凋零的时候，它最终是要从这个节点上枯萎的，我的心释然了。我把它放在茶几上的小发财树下，现在它在绿荫下成了一朵魅力的干花。

当意外地爱上小花草，我理解了有人嗜养小动物的情感。

（原载于《小龙人学习报》2009 年 5 月 11 日八年级读书版）

◎ 闲趣散记

书桌文竹

推开屋门的第一眼，就能看到对面小屋桌上的文竹，那一方小天地，带给人内心很多安宁。

这个并不大的桌上，摆放着台灯、书籍，还有这盆推门即见的文竹。

小屋的桌是女儿学习，我有时看书的地方。

书桌一面靠墙，不临窗，但透过大片玻璃窗，有充足的亮光照过来，文竹在半阳的境遇里正好生长。

这盆文竹，我养了大概六七年，青花瓷四方的瓷盆显着几分雅气，叶子随枝干婆娑散开，初看，那一星点一星点的叶子就像一片片绿色的雪花，有时仔细端详，幽渺的意境里它就变成一片松树林，这绿色的雪花就是簇簇松针，顿时古意盎然……前年看它抽枝，牵个线头到房顶的灯绳上，它便顺着灯绳不折不挠地缠绕上去，约一年后，好像是做好了一切准备，便在绳上散开了叶子……看着那一片葱茏雅致的绿意，心头便生出静好。

给文竹"牵线"与曾经的"见识"有关。那是我大三实习的时候，当时实习单位给我住的套间小屋是一位老师的办公室，办公室中间有一张长条桌，桌上有一盆长势非常好的文竹。文竹有一股枝叶缠绕着朝天花板长上去，经观察，正是老师给"牵线"造就的风景，那文雅的景致，多年后还是留在心头的一片风景。

有一次偶然发现，文竹的叶子上多处有比小米粒还小的白色颗粒，经"百度"才知道，这是文竹开花了。这些年，给它的照料并不多，无非是每次土干了倒进养鱼的水，就算是营养。

就在今春4月的一天，不经意发现在它并不繁密的根枝下，又发出一根嫩枝，这令我惊异而喜悦。从最初刚探头，竟在不到半月的时间里又不断发枝散叶。有一天，它像蛇一样将头柔软而高傲地直探向房顶，我把它小心扶向那根已经缠绕着枝叶的线条上，不日，发现它又自然地拥抱着那条线儿，直达房顶。它在这条线上又绕出了片片新绿——于我，它不仅是植物生长的一种奇迹，它的不老心态更令人感动，它有如此奇崛柔韧的一面，在这个"年龄"（大致该是老年了），又对生命画出这样的出其不意的一笔，感觉是它似乎借着岁月给我这个养花人的一种回报、一种馈赠、一种点化，它出乎意料的生命书写给人灵魂以冲击和震撼……

这一瞬，又见文竹，它回应给心灵的安定和美意，和那给居室书香又添的淡雅，让我想起那句话："人安茅屋静，心淡世路平。"这淡然的一瞬却也好似一世那么长。

（作于2017年3月2日）

风吹来的一瞬间

整个夏天,沙发侧对的客厅玻璃窗一直是拉开的。

三伏天时,屋内闷热,静静地坐着也会流汗。这时候,在沙发上或坐或躺,都喜欢对着这扇拉开的窗。因为热,夏天的空气常常感觉是凝固的,可这扇窗口会在你不曾期待时进来一股清风:它吹进屋里,扑到身上,带着自然的清新和凉意,那会儿,热得有点晕头转向的我,瞬间得到了清凉的安慰,感觉到了被清风在那一瞬间抚摸着、解救着、体贴着、馈赠着,舒爽极了,而生活似乎就此都变得可爱了起来。

从窗而来的风,善解人意,又有点儿小调皮,毕竟是那么一瞬它又溜走了,像留恋一位知心的友人,心里有了不知何时再来的小怅然和小期待。有几次,风竟然是接连地吹进了窗,在一片静谧中,忽然被它爽快而温情地攥住了,深呼吸,享受着这不期而遇的自由的清风……那一刻,内心满足不已。

我和女儿说,坐在窗边有风吹来的感觉真好,让她坐到靠窗的一边也体验一下。忽然,清风又不期而至,坐在沙发上的我俩互相看了看,会心地笑了。

有携着季节消息的清风问候,是生活的小确幸。在岁月的风中行走,那风也有了一抹淡淡的诗情。

(作于 2017 年 9 月 19 日)

二

亲情世界

父母在的"城市"

打开办公电脑，360软件变换的桌面正好停留在这样一个画面：一束粉色的康乃馨静静躺在一张暗绿的长条椅上，周围的景色都虚着，悠悠地与岁月对接。这是一个平常的5月，感觉这个画面像写给"母亲节"的一首诗，充满了宁谧的气息，令人遐想。这情景一时又让我想起刚刚见过面的母亲……

这天是5月4日，平日里按部就班的生活有点小变化：中午我没有回家。刚刚放过五一假，花草、树木、空气里都弥漫着晚春的气息，正午的风还有些微凉，我约好和母亲在银川老火车站的街心花园见面，那里算是我们见过一次的老地方。

坐上去往老火车站的公交车，往事像岁月的风掠过心际，我在心里感慨，在银川，在这样一个上大学时感觉与故乡宁南山区的小山村天各一方的城市，如今，父母也在这里生活，我可以和他们这样见面，不禁有一种喜悦、惆怅纠缠的复杂情绪袭上心头。

三年前的晚秋——2011年10月30日，是父母搬家的日子。那天，拉着父母一辈子家当的一辆卡车，从老家西吉县夏寨乡一早出发，到晚上灯光亮起的时候停在了银川市西夏区南梁街道的一个巷道口——告别了几十年的街坊邻居乡里乡亲，告别了那片生活了几十年的土地，这里便是父母乔迁的新家，和大哥家一墙之隔——是一碗热汤的距离。

我们兄妹四个，如今有三个在银川工作生活，老家只有妹妹。鉴于我们兄妹大部分都在这座城市，母亲早先就有想来银川生活的想法，可父亲并不动心思，后经几番动员，才同意。就这样，陪了父母大半辈子的盆盆罐罐各种家当又跟着父母来到了银川郊外的这片土地上。

至此，只要是周末，只要有闲时间，只要想，我便可以在 1 个小时左右的时间回到父母身边。很多次坐上车回父母现在的家，车窗外，田野一望无际，不时有鱼塘、芦苇荡在眼前掠过……远处有贺兰山，有夕阳，有夜幕下厂区的灯火，有村落居民窗户里亮着的温暖的灯光……很多次，看着车窗外流动的景色，心里就会生出一种时空交错的感慨——几年前父母依然在西吉老家的时候，我曾在这条路上骑车近郊旅游过。那时候，虽然上大学、工作，在银川也有了近十年的时间，但想起老家那个西吉小山村院落里的父母，这里对于我，也仅仅是工作的城市、熟悉的地方。

而现在，每次走这条路，看着路边的景色，想起在银川近郊这片土地上安度晚年的父母，这片土地也变得温情而动人起来。

刚刚过去的 4 月 21 日，是母亲生日，那天没能给母亲买上礼物，想着很快就是母亲节了，在打电话时无意中听母亲念叨她想买个羊毛衫，就在网上给母亲订购了一件。5 月 4 日早晨正上班，衣服来了，拆开看，觉得似乎有点大。想着中午休息时间太短，为省时间，便让母亲从家出发，坐公交到老火车站，我也从老城坐车赶到火车站。这样见面，母亲一试，如果合身就正好拿回家，如果不合身，还能及时换。这天早晨就和母亲电话约好在老火车站见面。记得上次在火车见面，母亲煮了五香牛肉，做了莜麦甜醅，怕放时间一长味道不新鲜，就打电话约好中午时间在这里给我送来。那次母亲的腿已经有了骨性关节炎，走路很不灵便，到这里来的时候，我看见母亲在初夏的阳光下步履蹒跚……

这一次，母亲在公交车来的路口等着我，远远地我看见她，头上是雪亮的白色纱巾，穿着青色的短款风衣，手里还提着一个黑色的袋子。快走近了，她笑着说父亲也来了。我说一起去到饭店吃个便饭，父母推说花钱没必要，他们已经吃过了。我让母亲试衣服，她在阳光底下试，说挺合适。说是试衣，父母来时还给我带了午饭：一份南梁街上马阿訇家的凉皮、周末煮的五香牛肉、早晨自己蒸的洋芋包子和香豆草花卷……说着，母亲在街心花园的石凳上解开了袋子,给我调拌着凉皮,也同时把盛牛肉的饭盒打开,让我吃肉……

其实,一向身体硬朗的父亲,在去年的时候因腰椎间盘突出发作,腿脚也很不灵便,一段时间一直躺在床上,走路的时候腰甚至是佝偻着的。父亲年富力强四十几岁的样子似乎还是昨日,这常常使我在追怀往日的时候感到一种无以言表的怅然。父亲一向不大爱转,说和母亲一起来也是想见我一面。虽然父亲是笑着说的,但我忽然心里想起了"见一面,少一面"的话,毕竟父亲已是古稀之年的人了,而即便在长长的人生里,不也是"见一面,少一面"吗?

岁月流逝,生活变幻,从小到大,让人不禁想起与父母之间那长长短短的距离。短短的,是童年玩耍出门的路,唤一声就回家;长长的,是离家求学的路,曾写满遥远和漫长的想念;是工作后,依然和父母相隔游子思乡的魂牵梦绕。所以总感慨,连做梦也没想到,如今会和父母同在一座城。

父母在哪儿,哪儿就是家,这座陌生的城市因父母在而变得温暖、多情了起来。

（作于 2014 年 5 月）

父亲的心

　　小时候看着六七十岁的老人，幼小的心里曾疑惑地闪过一个念头——这个年纪的人心该是也老去了吧，而那时候父亲还是高大精干、年富力强的……仿佛是弹指一挥间，眼前的父亲已是古稀之年的人了。而现在，透过父亲的阅读生活，我发现了他那颗依然细腻生动的心。

　　父亲是位教师，也是个爱书人。他曾经给我讲，他当年点着煤油灯夜读小说时，真希望手里的书厚些再厚些，甚至舍不得一口气将书读完，因为读完就再没得读了。现在经常与文字打交道，提起书，我跟父亲竟有点书友的感觉。他总对我说，开卷有益，尤其很多古文，真是"道破古今"。这使我想起父亲年轻时手里握着《古文观止》看着看着就睡着的情景。现在，我也给父亲讲，我现在编辑的报纸要和初中语文课本对接，课本里面有很多古文就是《古文观止》里的篇目，比如《醉翁亭记》《岳阳楼记》《陋室铭》等。说着，我们还要将文中的名句感慨一番。

　　一次，提起鲁迅的书，父亲非常喜爱。说鲁迅的文字最真，竟举例说起《藤野先生》中一细节："我"为了使讲义的图"好看"将血管移位，被藤野先生纠正的事。因为人教版八年级下册语文课本就有这篇课文，我当时编稿仔细读过，才记得这个情景，而父亲是很多年前读的此文，这使我暗暗惊异父亲读书的细心和超强的记忆力。

　　如今，父亲每周还让在城里读高中的侄子带着买《军事天地》等报刊，我回家的时候也给他带几本《读者》《炎黄春秋》等刊物，有几次我还把自己编辑的报纸带给父亲读……

父亲退休后生活相对清闲,现在基本上每天要出门走走,呼吸新鲜空气。夏天酷爱到野外的渠沟旁钓鱼,冬天大多就宅在家里,可他说,因为有枕边书报的陪伴,他并不寂寞。有时候晚上惊醒,隔窗看父亲房里的灯还亮着,那是父亲也醒了,他又在阅读呢!

该怎样界定一个人的心是老了呢?岁月催老了容颜,可阅读可以保养一颗鲜活的心。

(原载于《小龙人学习报》2013 年 4 月八年级读书版)

清水一样的时光

父亲坐在客厅的沙发上看电视,母亲在细细地扫着地,我待在母亲小屋子的热炕上。

小屋子只有侧墙上开着一扇四方的小窗,光线少。这会儿,父母各有其事,屋子显得格外安静,只有春天的风唰唰吹过窗户的声音。我没什么事干,但总要给这样的空闲时光找到一个依托,翻书,对我来说是这时候最惬意的选择。

这会儿,我只管静心品味文字,父母与我,都不言语,但却都感觉到了陪伴的温暖。父母觉得有一个儿女在身边,自然是欢喜的。而在父母身边,已经成人的我,又做了一回孩子,眼前忽然浮现出少年时温习功课的情景。

干完家务活,母亲也上了炕。

时光变得寂静而清闲。

感觉母亲想跟我说话,但见我看着书,她便默默地、心领神会地不打扰我。母亲虽只有小学三年级文化程度,但她一直看重子女读书,直到我成人了,她依然把读书看成特别出息人的好事。

看完一篇文章,我便停下,跟母亲闲聊。细声静气地聊着,都是贴心贴肺的家长里短,有时说着说着就自然而然停下了。母亲要小睡一会儿,我便又重新拿起了书⋯⋯

有亲人的互相陪伴,有静谧的书中文字的陪伴,这清水一样的时光,心如止水,似莲静开。

(原载于《小龙人学习报》2013年5月八年级读书版)

楼道里的送别

　　这里说成"送别"该是有点放大了这个场景。但很多次，我怔怔地站在楼道里，那一刻，这样稀松平常的情景竟有了些许离别的意味。

　　这天，弟弟来家里，我们聊了很久，要走了，弟弟四岁的女儿也一起跟着蹦蹦跳跳要下楼。起身开门，走向楼道，孩子用稚嫩的童音喊着"姑姑再见"，我看着弟弟和孩子转角下楼，随后只听见他们一下一下下楼的脚步声，脚步声那么响亮，又一点点地远了——忽然又有弟弟熟悉的重重的咳嗽声。是呀，弟弟嗓子不好，就像今晚这样的一个冬夜，可这咳嗽声里竟带有温暖的手足亲情的讯息。我站在六楼的家门口，希望弟弟的脚步声响得久一点，再久一点，似乎这样的一段楼梯弟弟真的走了很久，这一刻变得似乎很长，我辨析着还能否听见弟弟的脚步声，但终于是出了楼道门，感觉这一刻又是那么短暂！

　　每次女儿补课上学去，我会在六楼的楼道门口晃一晃送女儿。"你赶紧回去！"通常，女儿说完这句话，很快就"噔噔噔"三步并作两步，轻快活泼地下楼了。很多次，就像女儿回家的时候一样，听着她熟悉的脚步声，盼她早归；出门时，我会希望，女儿下楼的时间久一点，再久一点，感觉那一刻，她出去了就到了苍茫的远方一样，不知何时才能相见……有时候，我会喊着叮嘱几句话，楼道里有回声，她也应着，好像这声音把她又拉到了我眼前，那么近，可还是远了，我辨听着她的脚步声，感觉这脚步声的确响了好一阵，好像兜兜转转过了很久，又仿佛短暂的一瞬……脚步出了楼道，楼道复又回归寂静，心里便有了一种怅然若失的感觉……

现代人走门串户还是偏少，一般朋友来家要走，不过是送到楼道门口说再见，随即关门便是。但这样一个平常情景里，能牵动人心的，想来在这个世界上，还是自己的亲人。

近三四年里，母亲的骨性关节炎逐渐加重，每次到我家，因为在六楼，这不低的楼梯就是最大的"羁绊"，这个问题在我的意识里都有点猝不及防。前些年，父母和妹妹一家人来我家的时候，楼道里远远就能听到脚步声，现在回想起来，几个人的脚步声里竟然有一种热闹。

还有，前几年，很多次母亲来我屋子，总要给我提东西，每次我要帮她提，她总是不肯。记得有一次，大概就在 2016 年夏末，母亲的右腿骨性关节炎已经很严重了，下了鼓楼站公交，我去接的她。她给我提了一手提袋吃的，怕她的腿脚不好，我要提，母亲却还一个劲儿要"夺"过去她提，有时候我甚至有点匪夷所思。上楼的时候，我拧着夺过了袋子要提着上楼，母亲竟然有点不高兴的神色，母亲一个劲儿说："我能行，这么一点东西！"在我看来，温柔的母亲在这一刻竟然有些不可理喻的倔强。

就在 2016 年年底，母亲终于下了决心做了右膝的骨关节置换手术。这一刻，我想起了她前几次来我这里，上下楼很不方便，要扶着楼梯栏杆一点一点挪着走的情景。但每次，她还要尽量显得若无其事。

我也想起，很多次，父母下楼梯的情景，他们都要对我说来的这几日麻烦劳累了我，让我不要下楼，赶快歇歇去上班。每次，我送了父母下楼，上楼的时候，楼道里空空的，可他们的脚步声似乎还在耳边回响……

也许随着年龄的增长，在那么一刻，自己会对平常的生活进入另一种角度的审视和体察，想一想，尤其对于亲人，这个世界上不多但和自己关系最大的人，说人生的每一次"转身"都是一场离别并非夸张，而因这样的体味，便对亲情更多了一份珍惜，就想好好地爱他们多一些，再多一些。

（作于 2017 年 2 月 4 日）

和女儿一起的时光

周六，夜里 12 点了，高二的女儿习完功课，还想追会儿电视剧，"好吧，那我先睡了，你别太晚哦。"随即，她将电视调成静音，默不作声，安静地看她的电视。

不知道她是几点睡的。早晨 8 点左右，睡神级的我还在床上，听她就起床了，洗漱了，总是轻轻的，少有响动。

有一次灯亮着，我看到她睡着的脸庞，那么恬静安然。

倏然，我感到房间里氤氲着属于少女特有的娴静和闺阁的芬芳，她和我一起的时光也变得充满香气。

她也有懒散的时候，但大多数时间，她都是到了点就会按时洗澡、洗衣，安静地做一切她该做的事情。刚洗完澡，头发湿漉漉地披下来，她便顺手将洗过的袜子夹在阳台的衣架上，不浪费一点儿时间。

女儿今年十六岁，是个大姑娘了，某种意义上，我们是朋友。上淘宝网购、看化妆品买衣服听流行的歌、看喜欢的书……女儿的有些爱好和知道的时尚，会把我导入"流行"，会一起分享……

和女儿一起的时候，她会将我从工作的纷杂里拽入到柔软的生活中，让我从精神的繁重中解脱出来。

周末傍晚的时候，吃完饭，她会建议出去散步。有时，我挽着她的胳膊穿过人群，这种在人世和子女亲亲密密的感觉既新鲜又踏实幸福。曾经的小不点，现在比我竟高出半头，真有点不可思议。有时候正好路过夜市，我们会一起看看女生的头花等小玩意儿。因为是和她在一起，同时释放了两个"女生"的爱美之心，更感觉乐在其中。

有时候，她还会给我一本正经地讲笑话。上了高中，她说班级里现在男生的颜值，只适合安静地读书；一次学老师讲课带方言，她一反常态地泼辣了起来，手指一下一下指着虚拟的学生说："你们这些同学啊，一天不好好学习……"她将某几个字用类似陕西榆林方言的音调念得瓷瓷实实的，加上那动作，直惹得我捧腹要叫肚子疼……

"少年情怀总是诗"。女儿的一言一动在我眼里都是美的。她随意哼哼的调子准得让我惊叹，自愧弗如；她说话的那个神态、声音，带着少女对自我形象的高度注意，却又不失洒脱，有那么一点酷酷的味道，也是这个年龄的孩子才能有的那种感觉……

更多的时候，她在那边小屋的书桌前学习，我在这边客厅的沙发上躺着看闲书。屋子里静静的。多年以后，这也是定格记忆的一个画面。

和女儿一起的时光，柔柔的，淡淡的，静静的，一如女儿家的温柔似水，漫过那光阴……

（作于 2017 年 3 月）

写给我的薰衣草女孩（六封）

——给女儿的信

一

瑶：

这是一个早起的清晨，我悄悄打开电脑，敲击键盘。一切动作都是轻柔的，我怕惊扰这夜的梦，更想在这如水的时光里静静用文字对你诉说。我的开头依然是如此老调，我要感慨，一转眼你就上初三了，是个大孩子了。

岁月忽然倒流，这一刻，时间深处有许多你成长的影像在脑海中回放：你幼婴时期钻到柜子之间的孔隙处翻腾淘气的样子，妈妈周末回家后见到你时你脸脏脏头毛毛的样子；时空一个飞转，你上小学了，第一次牵你的小手走出校园，你扎两个小羊角辫、穿蓝色校服，有点臃肿但很可爱；还有，放学回家的路上，妈妈和你顺路去新城新华书店，你"噔噔噔"在书店楼上楼下跑着选书，看了又看的样子；在学校的文具小店里买笔、本等小玩意儿，你爱不释手却克制不乱花钱的样子；还有每次到学校门口等你放学，你出校门后张望着在人群中找妈妈的样子……不知不觉中，你慢慢长大，情景切换到你上中学，妈妈的印象中你变得文静了，校门口每次你向我走来的样子还有离去的背影，有一种独属于少女的安静、腼腆和亭亭玉立。回想这些记忆，仿佛有一曲轻柔、浓情的萨克斯风在妈妈心间萦绕……

你记不记得，妈妈说过，你乖的时候在我心里是天使；我俩发生小摩擦，多少次都像风吹过，不留痕迹。可就在初二的这个暑假，我俩却有两次冲突，一次是因为买衣服，一次是说话的态度。我说过你，甚至史无前例地严厉，你也狠狠地顶过我，我忽然意识到，你正在长大……是的，在我心里，你永远是妈妈的孩子。现在我想，我还是你的一个朋友，我以我妈妈对我宽容民主的过往将心比心，我也应该这样对你——给你从容自由自我成长的空间，我们能像朋友一样谈心，学习成长我也会给出我的看法，但不横加干涉强求……

事实上，从小学到中学，你虽然在班级并不是成绩排到前面的孩子，但妈妈认为，在学习上，你一直都很努力、很自觉，有上进心，对成长中的孩子来说，这是很可贵的。

还记得吗，从 2006 年你上小学起，我和你就有过悄悄话的交流，妈妈给你写过两万多字呢！我想把很多记忆都用文字留下。你也有给妈妈的小画作，你的画总是那么小，用现在流行的"微博微信微电影"等"微"语言拓展一下，我称之为"微画"，比小豌豆大不了多少的小鸭子、小花花、小熊猫，别人看着不起眼，但妈妈能感觉到你内心细腻的波浪……上了初中，你在学校校刊上发表的文字让妈妈看到你语言表达的能力，你写道"在家里，既有感动，也有痛苦。但我想，这也是一个最最真实的家，有喜有忧，有笑有泪。而那些温暖的，成了记忆中永恒的底色；那些痛苦的，待我静思的一刻，竟也发现了'爱之深'的忧切……"看到你的文字，我看到你年少却真挚深沉的内心，你对家对亲情的理解，让妈妈流下泪水。所以，你要很自信，不光你这次的文字，你的每一个优点在妈妈眼里都是如此闪亮！

还记得吗，可能你忘了，小学的时候，你牵着我的手，你灵灵的小鼻子竟能闻出我手上薰衣草的味道，是啊，我说我是用过薰衣草香皂了的呀！你说过你最喜欢雪青色，是薰衣草的颜色，从此，你在妈妈心中就幻化成了我喜爱的薰衣草女孩，每每想起你，那个闻见薰衣草味道的你总能给我一篇朦胧而美丽的遐想：眼前，你，一个薰衣草一样忘忧快乐的女孩，徜徉在一片薰衣草的山野，带着自然的气韵，浴风送香，飘逸灵动，身穿薰衣草一样淡雅雪青的连衣裙，在如诗的风里，你的小披肩发也斜成了风一般自由的模样。

（作于 2014 年 10 月）

二

亲爱的瑶宝贝：

今天下午单位的事情不太忙，我抽空给你写了这封信。因为平时我们在一起的时间非常紧，展不开说。另外，写信自有写信的好处，可以从从容容慢下来和你用心说说话。

刚刚过去的初三期中考试，你给妈妈说了三门主课的成绩，妈妈觉得还是非常不错的。虽然物理等科目你没说，估计你是对自己的成绩不满意，妈妈不强求你说，你那么自觉了，妈妈不能再难为你了。

这里，妈妈着重要对你数学的进步表示特别的表扬，一下飙到 90 分以上，妈妈知道你付出了努力，这努力也没白付出，好样的！我要说的是，以数学为契机，给自己信心，继续再接再厉！

妈妈看过你的语文卷子，百分以上，卷面那么整洁，字迹那么娟秀，回答很完整、连贯，很有章法，也是再接再厉！

还有你发表过的作文，也很让人自豪！总之，妈妈对你的学习、成长很有信心，继续努力！

也许，论成绩或表现，你在班上并不属于被老师经常表扬的同学，甚至有时会因为未及时完成作业或个性太强而受到老师的批评。然而，你仍然是妈妈心中最可爱的孩子。我想在你那边的家里也一样。他们每天和你在一起，有时候难免要说到你，不过这很正常，哪个孩子在成长中没被父母说过呢，他们在内心也是很爱你的。

在妈妈心中，你是一个善良、懂得体贴的孩子。上两次你周末过来，妈妈觉得无比幸福。我们一起走路、聊天、吃饭，你说的话妈妈听着都很有道理，有时候还给妈妈很多启发和鼓励呢！那天你的脸上有血痂还没掉（一次体育课跑步跌倒所致），妈妈才有机会给你洗头，让我想起了你三岁左右的时候我们一起在澡堂洗澡，给你洗头你闹腾的样子，妈妈还打了你的小屁股，结果你"气急败坏"摔了香皂盒。现在回想起来，你是那么可爱。那天，你还给妈妈按摩头了呢，你的手呀好温柔，你手一搭，好像有一股暖流在身心流淌……你呀，就是妈妈的小天使。

对这个世界而言，或许我们每个人不过是一粒尘埃；然而对妈妈而言，你却是我的整个世界。

妈妈今天还想和你说说中考。离中考还有200多天，时间还多呢，跟着老师的方案走，细致学，这是一套思路，因为老师的思路一般都是经过优化的复习方案，省时高效。同时，可以根据自己的薄弱环节或科目，查漏补缺，专门制订学习计划或复习方案，攻克它。

以妈妈过来人的经验就是(虽然时代不一样了，但总体我想还是有可借鉴处的)，首先把课本吃透，同时扎实演练相应好的复习资料(资料别太多太杂，要精而优)，巩固知识，举一反三。

妈妈还要说的是，面对中考，有压力是正常的。不但你有，其他的同学也好不到哪儿去，也一样，所以这样一想，我们反而淡定了；再说，人生的路长呢，也不是一次考试就能完全决定的。妈妈觉得，不妨将中考看得简单一些，还能让自己静下心来好好复习，那结果没准就是一个让你和妈妈都喜出望外的结果呢，呵呵。成绩的事情，别看那么严重，轻松点，轻装上阵，反而会好。做到尽心尽力，就是好样的！

人生难得几回搏。我们要做勇敢搏击的海燕，这样才有精彩；就像河流遇到礁石的阻碍才能激发浪花的美丽一样，要有这样的魄力。

如果疲惫心情不好了，也很正常，接受自己的坏心情，这也是人生的一种味道啊，生活不都是甜的……

妈妈还要说，累了，就休息，好好睡一觉，身体有能量了，心也会有能量。或者听听音乐；在家走动走动，下楼跑跑步，呼吸呼吸新鲜空气；在学校，课间和同学聊聊天，放松放松，或者有意识让自己的心静静。特别要告诉你的是，不管怎样，一定要注意休息，注意身体。一句话，该吃的吃，该喝的喝，该玩的时候玩，该睡的时候睡。切记！

瑶，妈妈和你曾经谈起过，我说学习只要投入进去，是一种愉快的事情。至今，妈妈仍坚持看书学习，对我，学习看书是一件令我愉快的事，也让生活变得丰富生动了起来，妈妈同样希望你能轻松学习，快乐过好每一天。

你若累了，烦了，告诉妈妈，只要有机会，妈妈可以陪你放松，比如买你喜欢的头花等小东西。

瑶，话到这里，似乎也讲得不少了，最后，我给你一颗"定心丸"：考上哪所高中不紧要，只要你努力了，朝着一中、二中"冲刺"了，妈妈便满足了，即便都考不上，我一定也能够理解。因为，人生路上，从来没有走不通的路。

妈妈觉得，成绩是衡量学习成长的一个标准，但不是唯一标准。孩子的成长有很多标准，比如说人品是否贵重是一个标准，个性是否健康是一个标准，做事是否有创造力、想象力是一个标准，有没有吃苦精神、有没有勤奋精神是一个标准，有没有抗压承受能力，比如被批评否定后能否客观正确地接纳自己，或遭遇挫折打击后能否爬起来也是一个标准，等等。

瑶，成长路上，有很多美丽的风景，当然，也不免会遇到阻力和困难，考验和压力。你记住，不管遇到多大的风雨，妈妈这里永远是你最宁静的港湾；不管成长的路上会有多少考验，妈妈永远是你最强有力的支持者！

妈妈中高考的时候，有一首诗是我的"静心丸"，也是"顶压丸"，每当我迷茫、感觉压力大的时候，我就在心里默念这句诗，它会让我的心境变得简单、平和，能屏蔽很多杂念，使我明白我只是一个用心的出发者，不问结果，因为我付出了，我无憾。

这里也给你，希望对你有帮助：

热爱生命

汪国真

我不去想是否能够成功
既然选择了远方
便只顾风雨兼程

我不去想身后会不会袭来寒风冷雨
既然目标是地平线

留给世界的只能是背影

我不去想未来是平坦还是泥泞
只要热爱生命
一切，都在意料之中

（作于 2014 年 12 月 10 日）

三

亲爱的瑶宝贝：

上次妈妈给你写了信，你有好笑的表情，觉得这个行为有点"迂"是吧？我觉得也是，现在什么年代了，还鸿雁传情呐。本来没想着再给你写，但我又想跟你说的话了，我想我就迂下去吧。

妈妈之所以想写这封信，是想说说那天（12 月 9 日）你请妈妈在学校吃饭的事。也许这依然是我们之间在学校见面最平常的一幕，但又是那么让我难以忘记，以至于回来后心里多次回想这个情景。的确，我没想过你会邀请妈妈在学生灶上一起吃个饭，因为一般孩子好像都不太愿意这样做吧，但你做了，妈妈觉得我们之间是那么近那么近，那么亲那么亲，我们既是母女，又好像是好朋友一样。

那天进了食堂，我因为不熟悉情况成了"等吃者"，你自觉地以主人自居，去打饭了，嘿嘿。这期间，妈妈环顾了食堂里吃饭的、来去的熙熙攘攘的同学。再瞅瞅打饭口，我搜寻你的身影，却发现，每个打饭窗口前都有那么多同学，真难以想象宝贝你是怎么打饭的，那一瞬间妈妈觉得你好强大，为你自豪，能在攘攘同学中间排队打饭吃。这也许是一个妈妈的视角看你的缘故吧，也许在一般人看来，这再稀松平常不过了。

你端饭过来的时候，可能是盘子小，米饭碗有点斜，砂锅又是带汤的，妈妈看着好惊险的，赶紧过去把米饭先端出来。你端饭的姿势有点萌萌哒，但又是那么认真。

这天的砂锅米饭你就没吃几口，妈妈怕浪费，几乎都吃了。给你带的罐装粥,都是凉的,你只草草吃了一些。没有一口热乎的饭,妈妈心里有点过意不去呢。还有,你吃那么点,以后要注意营养,中午即便不怎么好吃,也要吃饭的,好吗?

人说无巧不成书,那毕竟是小说构思的需要,但真实的生活有时比小说更有故事。那天在那么多号人的饭厅,居然遇到了同事的孩子,好巧呀。妈妈领你过去去认识一下那个妹妹,你就非常有主见,笃定地跟妈妈过去了,没半句推辞,妈妈觉得你做得很得体。随后你领妈妈去了你们的学校商店,妈妈之前只给了你 5 元钱,可一进去,一包 QQ 糖就 4 元呢,一袋麦咪 3.5 元呢,5 元钱都不够呀。平时吃点小零食非常可以理解,尤其像你这个年纪的孩子,可见妈妈低估了学校的消费,后来才想起,应该给你再给点零花钱。

这一次我们在教学楼中间大厅说再见。你穿军绿色的风衣,那样沉静地向楼道走去了,我望着你离去的背影……

之后是我坐着车带着幸福的回想回家了,我的嘴角似乎带着淡淡的笑吧。

妈妈要写下这次见面,是想要在记忆中再次定格这样的一幕,多少年后,也许都不曾忘记。

(作于 2014 年 12 月 11 日)

四

亲爱的瑶宝贝:

刚写完上一次的食堂聚餐,没想到,我们又聚会了一次。

妈妈那天向你倾诉了一点心情,你又一次让妈妈刮目相看。你能开导妈妈,尤其是,你淡定地说,人每个阶段都会有自己的烦恼……你还举例王老师办公室同事的事情安慰妈妈,事例很妥帖,妈妈觉得遇到的也不过是稀松平常事。妈妈好欣慰,为你的看待事情的成熟、懂事和内心的强大。我体会到了什么叫作妈妈的贴心小棉袄的感觉,你就是啊。

所以啊,我们之间可以互相出主意、给建议,妈妈和你一起成长,因为人的一生都需要成长,都在成长,活到老,学不了啊,呵呵,你觉得呢?这里,我特别要提的一点是,说归说,你要相信,妈妈有足够的承受力,有信心面对生活里的一切；妈妈会积极地想办法，努力地解决问题的，办法总比困难多。努力过了，即便有些事情还是无奈，就洒脱点，随它去。再说有些事情过了今天，明天看就是小事一桩，没什么大不了的。

你是我心窝里的暖
——写给我的瑶

在如歌的岁月里
不知从何时起
有那么一个可爱的小不点
就走在我面前了

她仿佛是我大学时代
留存至今
仍挂在墙上的那幅画里的
憨俏的小姑娘

她是被我真实惦念的我的孩子
血脉相连的牵挂
惦念日甚一日
而我的世界因思念被你点亮

就像我曾托起你的小手
那种血脉相通的感觉
曾震撼到我
那种心心相印的感觉
唤醒过我的灵魂

我相信

你我之间

有一种爱叫通透

有一种情叫心窝里的暖

无论遇见彩虹有过风雨

人生恒有温暖的底色

（作于 2014 年 12 月 22 日）

五

宝贝瑶：

上周四见面你说的一番话,妈妈总想起,眼前老浮现你眼圈红了掉泪的样子,好心疼。

妈妈能体会、能理解你的感受啊,妈妈知道你难受时彷徨无助的心情。你要知道,虽然不在一起,但妈妈的心里永远装着你,永远跟随着你,妈妈能体会你的感受呢。

这个世界上,或多或少,每个人不同时段都会有烦恼,令人麻烦的是,有时候烦恼接踵而至,好像不让我们歇口气似的,但无论如何,一切都会过去,先别太沮丧,我们来想想怎么办。生活不也有很多时候让我们感觉快乐轻松吗,把苦恼当作生活的调料吧宝贝,纵然有时候口味很重,让人有些吃不消!

记得妈妈在上中学的时候,你姥姥很理解我,总觉得我学习苦,从没给过我任何压力。家里的活儿总不让我沾手;隔三岔五地还要提点好吃的走路到县城看我;我学习晚了,她醒来后总感慨地说我多苦(但我没觉得苦);我每周走的时候,她很忙,也要抽时间给我做一顿热热的醋长面让我吃了再走(至今是我记忆中的美食)……可这也使我产生了压力,觉得妈妈对我这么好,我如果学不好,多对不起她呢? 这种情绪,一度成了我"幸福的负担",我甚至想过如果我是个孤儿多好,就不会对妈妈有这样的愧疚了,你看我多傻。现在想来,当时的我显然想问题想过头了,看问题角度不对,结果适得其反,反而给了自己过多的负担和压力,这是不明智的……你看,怎么都有烦恼,呵呵,关键是如何正确地去看待应对问题。其实,任何时候,做任何事,用自己的平常心去认真对待,就是最大的明智。就拿学习来说,用心学习了,首先是对得起自己了,因为学习首先是自己的事情。自己对自己负责了,也就对得起家人了,没必要把额外的负担再加给自己。这说着说着似乎有点跑题,但总归一句话,如果无法改变别人,就先试着调整、改变自己。

人活着,情绪有时候很多,心情也很多,权当是我们生动地在活着的证明吧。但我们也没必要陷入到一种情绪中而不能自拔,让自己长久地痛苦。这就需要用正确的思维去考虑问题,把问题想开些,从而有效地解决问题,这样就会进入良性循环。这一点妈妈和你,我们一同共勉。

《中学生百科·悦青春》里的一些文字,妈妈用"心"形符号推荐给你看,你有空翻翻。你会觉得每个人都有纠结、脆弱、彷徨,问题是我们如何走出来,锤炼强大的自我。文中的同龄人他们用美丽的文字写出来了,表达出来了,这何尝不是一种最深刻的释然呢?还能给读者以共鸣和安慰,当然也会有领悟和启示。在妈妈心里,你也是那样的有慧心的孩子,因为我在你写的文字里也看到过那样的潜质呢。

有句话大概意思说(原句我忘了),一个人在经历了痛苦之后,还依然热爱生命、热爱生活,那才是真正理解了生命、生活本质的人。我们也一同共勉宝贝。

(作于 2015 年 1 月 12 日)

六

宝贝瑶:

这是你初中阶段收到妈妈给你的最后一封信了。

长长的人生,可在这一刻,似乎有一些感慨时间逝去的伤感。是啊,那天我们一起说过了,你刚刚走进初中时,那时的情景仿佛如昨,今日你却又要毕业了。

我不禁想起这三年多次去看你的感受。每次看你，我的心都是有些雀跃的，有一种开心感。以前，大概是初二上学期以前，见面在下午放学以前，后来因为单位的制度原因，见面调到每周的上午放学；以前，见面还有电话联系，后来就是靠古老的口头约定。这样的见面是一种牵挂，成了一种习惯，靠一种默契，我们的心就这样牵系着……我还要说，在这个习惯靠手机联系的世界，后来的口头约定，反而让我有了一种更加亲切而奇妙的感觉，如果没事妈妈一定就过去了，而你也在心里笃定地等着我，靠一句话，我们就在某个中午时分要同时出现在校门口，呵呵……有时你还会提早在前一天晚上发短信确定一下，妈妈看到短信很高兴啊，因为我们彼此牵系，这是一种幸福的感觉。

我知道，这三年里，在外国语学校的二楼的那个教室的某个座位上，有一个孩子，她在那里想着今天妈妈来看她，而我也同时想着她可能在等着我，这个孩子和我有着这个世界上最亲的关系，所以每次的见面在心里都有一种暖暖的期待……每次下课的铃声一响，我和许多等在门外的家长一样，就目不转睛地望向教学楼门口的方向，迫不及待地在众多孩子中搜寻你的身影，等待着你的出现……

春夏秋冬，看你的那一段路，有四季之景可以欣赏，这一段路，因为有你而富有诗情画意，或者说成了一首美丽的诗。春天，我骑车或步行，细细地欣赏过唐徕渠畔的垂柳；我当时心想，这样的景色是因为你我才有机会欣赏的；还有夕阳西下的唐徕渠畔的日落，是那么雄浑壮丽，让久居都市的我体会到走向自然的美；而很多次，我乘坐着公交看向窗外的都市、人群和风景，宝湖湾的芦苇和远处的高楼，这一切，把因工作而忙碌的心解放了出来，有机会用淡远的心看世界，找到一丝悠闲和放松；每次等公交，因为心里装着见面的盼头，心是暖暖的，那么充实满足；因为看你，28路、32路公交让我感觉到那么亲切，"宝湖路正源街口"的公交报站声，多少年后，或许，还会记得，那是回忆这段看你的路上亲切的符号……

每次见面是我们能说说话的机会。妈妈希望做你的朋友，你把自己的喜怒哀乐都能给妈妈说，可哪能呢？有时候因为这样那样的情绪和感受，我们并不愿意去说，即便是面对自己最亲近的人。可你最难过伤心的两次，你流着泪都告诉妈妈了，妈妈和你感同身受啊，好难过！不过，即便当时那么的伤心难过，现在回头看看，也可以说它只是成长中的小浪花，怎可能被它击倒！你很强大，就像那天我们聊起的一样，你都挺过来了。初中生的世界也不简单，或者说谁说孩子的世界就是简单的？妈妈也曾经是一个中学生，那种感觉我能体会。在学校，不仅仅只是要把学习搞好，还有师生关系等的复杂性，你都在看似平静的生活里要努力应付它，想着要处理好这些事，因而也给我们带来了欢喜烦忧，这也是生活，是非常重要的成长。你用了一个"挺"字，虽然个中滋味你最明了，但可见你的勇气、坚持和强大的韧性，这里，妈妈要为你点赞！

想想，毕业后，你就不会再出现在那个教学楼里了，就像我现在每次路过金凤回一，就会想起那个时段的你，想起你的小学时光，那是一种既亲切又有点怅然的感觉。现在你在外国语学校，时间就是在这样的切换穿梭里转换着光景，你一天天长大，这是必然，是有怅然，不也是一种美好吗？毕竟，我们的生命曾真真切切地享用过这段时光，哪怕不都是快乐，我们都感到一种成长的丰满、知足和快乐。而现在看来，那曾经伤心的过往也在回忆里有了淡淡的温暖。更何况，这里有你曾经奋斗过的青春！

我问你，你是那种苦学的孩子吗？你说你玩心大，这是人之天性呀，可话你这样说，我也能感觉到你的上进，你是对自己有要求的孩子。

所以说到中考，你不是说过了吗，有些想不明白的问题就不想了（比你妈智慧呀），这也许更是一种明智的态度。虽然中考日日地临近了，你说的，还要抓紧学（我想起我老师的名言来了：把平时当考场，把考场当平时），不管别人，用平常心去面对，发挥你自己应有的水平，就是成功！

祝你中考取得优异的成绩！

（作于 2015 年 6 月 15 日）

母亲做的布鞋

小时候，直到考上大学报名的那一天，我还穿着母亲亲手做的布鞋。就在今年夏天，母亲来银川，还专门为我带了她亲手做的一双黑条绒面儿千层底布鞋。

说起布鞋，我内心一直保留着关于母亲这样的一个小细节：小时候，直到我中学毕业，每每，母亲做好了鞋，总会盘腿坐在炕上，手里还拿着纳鞋的针线，就要我在炕上走来走去试鞋给她看。现在想来，母亲一来是欣赏自己的"作品"，最重要的是要看自己孩子穿上新鞋的那份满足和喜悦。

有时我给母亲说鞋夹脚，她会笑着说："再好的新鞋有一夹，再好的婆婆有一法。"母亲会重新拿起我脚上的鞋，一顿捶捣揉掰，再一次上脚真的舒服很多。我永远忘不了脚伸进鞋碗里那一刹那，布鞋上留下母亲手搓摩过的温热的舒服的感觉，竟然使年少的我心里默默生出感动——有妈的孩子真好。现在想来，这也是一种纯天然的母爱的温度。

在如今这样一个物质浮华的时代，要谈布鞋，若是另一种时尚流行的诠释倒也罢了，但如果文章是这样开头，有人定会觉得老旧无趣，无心再读，但如此的情节一旦融入一个人的生命和情感，就是难以忘记的印痕。我以为，这是母爱的泉水在心灵上泛起柔柔碧波，荡漾着，荡漾着，又在我精神的小溪里涓涓流淌……

我庆幸少年的我一直是被母爱滋养的孩子。母亲是农村妇女，但一看就是回民那种很精神的女人，永远戴着洁净的白帽子，干净利落，温和中透着主见。母亲只上过小学三年级，虽没大文化，但母性的光辉在孩子身上永远是透亮的。多少个夜晚，我和母亲彻夜长聊，家长里短，她的人生，我的现在，不知不觉中夜已深沉或东方已泛起鱼肚白，才聊兴未尽地睡去。母亲不知道什么赏识之类的现代教育理念，但她善解人意，大事小事总能和儿女推心置腹，从上中学起，母亲就是我最好的知己。她很少唠叨我的学习。记得上中学的时候，有时候夜深了，劳累了一天的她会从睡梦中惊醒，体恤地提醒："哎，太苦了，早点睡。"成绩考得好或不好，母亲都不会埋怨，只会说"上坡路总是难走的"。这一句理解，会大大消解我很多学习上遇到的心态等方面的一言难尽的烦忧。

如今，我是成人了，母亲依然是我精神力量的一部分，依然是我幸福感的最宽底线。当我受挫孤独无助时，我想到世界上还有母亲无条件地疼着我，就会宽慰地在内心笑一笑。

许是因为现在常常买鞋穿才记得最初那个"细节"，才能回想母亲的好吧。如今工作挣钱了，每次都买皮鞋，但很多次新鞋上脚都会有"磨合期"，当然母亲再也不能那样为我打理新鞋了，脚上总会打磨起泡甚至掉皮流血，这样的鞋时尚流行，但少有母亲做的布鞋的那份"冬暖夏凉"的舒适妥帖，不由得心头掠过母亲那摩挲过的布鞋留余的温热……

（原载于《宁夏日报》2005 年 12 月 12 日文艺副刊）

◎ 亲情世界

关于父亲的记忆

经年的岁月流走之后，父亲在我的人生里感觉很远很远，但在我不惑之年的一天，在我整理一些有关亲情文字的时候，我第一次想很深切地回忆我的生父。

父亲在我三岁的时候因病去世，那年父亲三十八岁，现在想来真是很年轻。

父亲生前的样子我不记得了，只能靠留有的几张照片回忆。在一张长条形的黑白照片里，父亲一个人站着，看上去很年轻，表情平和，浓密的头发往后梳起，中等个头，穿中山装，有儒雅干净的气质，用现在的眼光看，是英俊的。听母亲讲，父亲生前是一名乡村教师。

令我惊异的是，人说三岁才有记忆，但我依然记得父亲生前和我在一起的几个情景。要推算那该是我两岁多的时候。

那是遥远而亲切，令我终生难忘的一点留存至今的记忆。

有一个情景是，记得在父亲曾任教的西吉偏城中学校园里，有些女生穿着黄军装，染了红脸蛋，大概是化了妆，在唱《南泥湾》（这还是在以后凭"花篮里花儿香"的旋律辨识出来的），父亲哪里去了并不记得，但他在自己教工宿舍里的炉子上炖着一铝壶水，壶里给我煮着鸡蛋。多年以后我怀想这个细节，鸡蛋当时很稀罕，但更稀罕的是父亲竟然用"水壶"给我煮鸡蛋，这算是一个"奇葩"或创新行为了，也许也有父亲作为一个大男人的粗犷在里面了。

还有一个情景是，父亲骑着自行车，在前面的车梁上捎着我走在回老家硝河乡的公路上。当时的公路是石子路,父亲走在一个临近朱家门(后来才知道地名)的上坡路上,使劲儿骑着车大声喊着"加油加油加油",好像真是为了"加油",也是为了哄车上年幼的我开心;记得前面的路因车快速前行而退去,像冒着一种花一样……几十年后的今天回想起来,想想父亲应该是一个热闹而有童心的人。

再有就是父亲去世前的情景。在父亲住院的固原二医院里,我在病房里、煎药房里跑来跑去,一次迷了路,心里充满了害怕;有时父亲在输液,贪玩的我时不时会搬动输液架,多次被母亲说……而父亲走的情景,我也隐约有记得,那是一个大雪天,父亲的遗体被拉在县文教局派来的一辆蓝色的大卡车上。

在我很小能记事的时候,就意识到父亲的去世是一件令人伤痛的事。在最初的记忆里,多次在翻动父亲用过的东西的时候想起父亲,好像能感受到父亲留有的气息。记得那时候家里有一大一小两个"小门箱"柜子。上面是玻璃门,里面有一层隔板可以搁置东西。大的门箱的隔断上有父亲买的两只龙碗,上面有彩色的很精致的龙,长大了看碗底文字是景德镇瓷器;还有许多杂志和书,后来上学了知道那是《红旗》杂志和《毛泽东选集》。门箱下面带两个小抽屉,在相对大的门箱抽屉里,只要一拉开,就有强烈的味道,母亲说那是"冰片"的味道。抽屉里还放着很多支用坏的钢笔,钢笔水干涸了,或笔杆已折断。那时候钢笔都很金贵,大概在我上小学一二年级的时候,我试图想用,发现那是令人无奈的。另一个抽屉里还有父亲用过的皮鞋油、鞋刷。现在想来,父亲在那个年代应该是一个比较讲究生活质量和情趣的人。

也听母亲讲起父亲,说父亲爱干净,上身的衣服总是很整洁,也常常帮她洗衣服;待人热情,见了大人小孩都要问候;孝顺父母,爱护幼小的兄弟姐妹,父亲是老二,后面有八个姊妹兄弟,每逢节日父亲都要买一大提包的糖果、糕点、布料回家,分给老老小小。听母亲还讲,前面有了儿子,后面有了我这个女儿,他十分疼爱,抱起我,嘴里唤好几个昵称来逗我,比如我眼窝深,就叫"深眼窝"。这给我留有的印象是,父亲是一个慈祥的父亲。

听母亲还说，父亲是老师，兼职过学校的会计。有一年翻旧书，发现在一本书里夹了一张当年父亲在木器厂订桌椅的收据，那上面有父亲的字迹。据说那个年代的人，字普遍写得好，我在字里行间辨析父亲的字，觉得那是一个"文化人"的字，笔迹从容、雅致，字的间架结构中带着连笔。还有父亲的一本书上，留有几个字，其中"购于"写的是"购於"，现在"於"写成简体的"于"，但我在买书留款的时候也爱写"购於"，仿佛这里留有对父亲的某种纪念。

从上了小学四五年级以后到大学毕业求学的日子，生活好像是一口气地过了，似乎没能停下来让我怀念过父亲，有时候想起也是一瞬间的念头。只是在近年，许是年龄和人世阅历不断加深，我有时会回想和思索亲情，也会回想起父亲，有时候心里会有一丝愧疚——尽管那时候真的小，留存的记忆确实少，但自己竟然"忘了"父亲。而想起的时候，在忙碌尘世，如果时间允许，那种盘结在心底的思念，我会尽可能让这种思绪停留得长一点儿，算是对父亲的怀念和祭奠。

（作于 2017 年 2 月 1 日）

三

读书时光

与书心语

你安静地躺在床头案几上,娴静地立在书架上,抑或你正被我捧在手里——你还是从前的你,可不知从何时起,你已成了带着生命气息的活物。你的生命是谁赋予的?这一刻,我压根儿不想追溯这些与你出身有关的根由或渊源,或者更愿意这样说,现在,你的生命只与我有关。

我没读你的时候,你是那么识趣,你尽管静默着。但这并不代表你是孤寂的,因为我能感受到你也带着充沛的热情在那里生活。你的生活就是有内容地静默或者被我翻阅,毋庸置疑,我们都把读懂对方看成是一种活着的莫大幸福。

有人说你是良师益友,这我认同,但在我心里,我希望我们能有新的交情和定位。很多次,在字里行间我找寻着与你的心心相印——互为知己那该是最高的境界了吧?就这样心灵彼此偎依着,你掏心掏肺地说,我敞开心扉聆听。不过这样至纯至美的知音之遇并没有常人想象的那般热闹,而恰恰是在一片静默中。读着你的心,我说我也懂你的声——翻动你时你好听的碎响也是另一种对话,甚至觉得那是你在为我纵情歌唱。

若说互为知音是一种幸福的话,在心里,对你,我还有着一言难尽的情。快乐的时候自不必说,多少次你与我清风细语,心灵是一片祥和静美。而孤寂时,你陪我,让我心有所属;痛苦时,你安慰我,让我疗愈振作;活着乏味单调时,你给我调剂,让生活芬芳……

就像现在,按说你我有如此交情,却依然那样散淡地彼此相对。你躺在我的床头,帮我催眠,抑或让我享受夜晚惊醒时的寂静与热闹,或你正在沙发一角优雅地叩下身子,等待你我最真的遇见……

(原载于《小龙人学习报》2013 年 3 月 25 日八年级读书版)

绸缎一样的时光

——写给纸质书

打开网络，一片喧嚣，像迷宫一样诱惑、纷乱的标题让人开始三心二意、曲里拐弯走来走去，最终忘记目的不知去向时，常常会感到一阵焦虑和麻烦，感到一阵得不偿失的沮丧，感到浪费时间缺乏效率，这往往会弄糟一时的好心情……

再打个比方，这种感觉还好像，你郑重约了一位朋友谈心，只有你和他，可朋友却并没理会你珍视他要和他单独畅谈深叙的心情，他叫了一帮乌合之众，七嘴八舌，不着边际胡侃乱说，你开始不明就里卷了进去，但到头来，只有敷衍甚或只能在角落里郁闷无语了。

这样的时候，我开始怀念你。

只要我愿意全心全意对你，你总是一心一意地、贴心贴肺地待我。你给的那些时光啊，慢慢的，静静的，就是单单为了待我而待我，那么纯粹而美丽，你就这样为我，在我的心灵上拉开大幕，幻变出时空，在这样可大可小的自由时空里上演一幕幕生动的人世的繁华抑或悲凉；你带着我，从容地咀嚼生活的况味俯察世界乃至宇宙万物。多少次蓦然凝神的时刻，你让我感到世界和我同在，感到生而为人思考的优雅和灵魂丰满的尊严与高贵。

静而生慧。我想把灵魂交给你，交给由你赋予的那一段静谧的时光。因为在这样匆忙的人生里，在信息爆炸的时代，这样静美的感觉，仿佛软柔高贵的绸缎滑过肌肤，拂过灵魂，这不是偷得人生难得的片刻的安宁么？这又何尝不是人生一种奢侈的享受和幸福呢？

　　开始这样想你的时候,就像想念在远方的朋友,他的温情,他的一切的好,在这一刻全都涌上了心头,一时让我怎么去诉说这心头的感动呢?唯有轻轻地捧起你,和你重逢,拾得那一段慢慢的雅致的时光。

　　　　　　　　　　（原载于《小龙人学习报》2015 年 5 月 25 日八年级花季版）

得到"真心"的捷径

在生活中，人们喜欢真诚的人，与虚伪、敷衍相反，真诚的人拿真心实意面对人事，往往令人感动、敬重，真诚是一种性情，更是一种美德。

但也有老话说"逢人且说三分话，未可全抛一片心"。这话看似有些世故，但也道出人际交往、人世社会的复杂，很多时候，出于自我保护或诸种因由，又不能全给人一颗"真心"，或你也不可能得到别人"真心"的面对。

但我们依然期望人与人真心的面对，那种推心置腹、互诉衷肠的交流，可以让人得到一种心灵的慰藉和温暖，一种宣泄的快感和酣畅淋漓的身心释放，用现在流行的话说"很治愈"。可要以一颗真心交流，这也许需要彼此的熟悉，而熟悉大概需要过程，需要时间，而熟悉后还需要达到彼此的信任……想想，这是何其不易！可见，真心弥足珍贵。

很多次，我发现，得到"真心"其实还有一个捷径，那就是阅读。你与作者不认识、不熟悉，无论古今中外，当你轻轻拿过一本书，用温情的手触摸纸张，透过文字的脉络，就可以走近一个生动、丰富的灵魂，听他真心对你的倾吐，多么便捷！而如果你现在正好不愿意交际，直接走进一本书面对真心，这省却了多少人与人应付周旋的麻烦和劳累；那一刻简单地走进书本里的灵魂，它多么符合你需要简单直接的心境啊……

可阅读中，也不见得都是吐露"真心"的文字——我们没有时间和心情去听虚伪的絮叨。再华丽的文字，若没了"真心"，也只是一堆令人生厌的"口水"，所以我们在阅读——这个得到"真心"的捷径上，依然还在寻找真心。我的体验是，越是大家名家的文字里，越是用真心，越是有真心，越是敢于拿出真心。当然，一定不能排除"高手在民间"，用一颗真心酿出的好文字也很打动人。

（原载于《小龙人学习报》2014 年 11 月八年级读书版）

爱读书的孩子前途无量

作为编辑，很多时候会让老师推荐同学的优秀作文，老师大多会这样说："我们班的某某同学平时爱读书，很有思想，文章写得不错，你先看看他的作文。"从老师不经意的言语中，似乎流露出了对这样爱读书的同学的一种欣赏和看重。

求学时代，不言而喻的是，大家拥有相同的时间、相同的课堂，但课余有阅读的孩子则无疑借着书本，洞开了另一扇精神的窗口，阅读使其开阔眼界、增加知识、提升思想、丰富想象力，涵泳了文学艺术修养和审美情趣……这样，在同一个起跑线上，有阅读的同学无疑跑出了青春的广度和深度。也因为有着良好的阅读积淀，这些同学写作文往往文采与思想兼备，而在其他科目的学习中，阅读也增加了其理解力，往往能左右逢源，触类旁通，文理兼长。记者曾看过一些考上清华、北大学子的履历和介绍，发现有个共性，就是他们一般都学习有方、专注、心态稳，还有一点就是，他们几乎都是有阅读习惯的孩子，阅读使他们厚积薄发，如虎添翼，更具备了应试能力和综合素养。

毋庸置疑，阅读带给同学们应对考试的软实力，这一点现实而牵动人心，但其作用还不仅限于应试考学这样看似功利的目的。我更是希望同学们在课余闲时或挤点时间，用兴趣和爱好捧起一本好书，品味书香，享受书香，发现生活的诗意和美好。在这种自然天成的心态下，看似无心插柳，但其实我们会具备更硬的应试能力，甚至可以说考高分只是我们读书的副产品呢！

联合国教科文组织的专家曾说:爱读书的孩子前途无量。

刚刚过去的 4 月 23 日为世界读书日,谨以此文和同学共勉。

（原载于《小龙人学习报》2010 年 4 月 26 日八年级读书版）

身心休憩的人生小站

——韩国书店见闻

那夜,华灯初上,当跑了一天的旅游大巴停下让游客用餐时,我在餐馆附近意外地邂逅了这家咖啡休闲书店。灯火通明,明亮的落地玻璃窗透散出温暖的光。取消饭馆安排的旅游餐,我和女儿决定晚餐用书店的简餐解决,顺便感受一下这个书店的氛围。

这是今年8月我去韩国首尔的一次书店体验。

跟以往我所进的书店不同的是,这个书店里外的布置装饰有休闲的气质,也有完全放松的阅读空间。书店外,有高大的绿树,树下有遮阳伞,天色晚了,伞下有人要了饮料坐在那里闲谈。一进门,手左靠窗地段,有榻榻米可以让人坐下来,前面一张桌子,两人或四人,可以边饮边读,也可以轻声交谈。榻榻米有靠垫,有薄毯,客人可以选择舒适的感觉和坐姿去阅读。在进门另一边靠窗地段,有吧台式的阅读空间,有人坐着高脚凳选上一本喜欢的书,在静静读书。书店的中央,也有几座分开的榻榻米阅读区,值得一提的是,这里布置了一棵绿色的大树,大树营造了几分自然之趣,让人找到放松的感觉。在榻榻米对面还有一片区域,这里除了高至房顶的书架外,让人有些意外的是,书架后面还有高低床,只见几个年轻小伙子在上下铺姿态各异,一派天然地躺着阅读……

走进书店,因为不懂韩语,我们说简单的英文,向店员要了甜点和咖啡,在榻榻米上坐下来。这一坐,感觉白天旅游的劳顿全被卸了下来。环视书店,店里有朋友聊天的,有情侣一起坐着阅读的,有一个人沉浸在阅读里的……我们喝着咖啡，看到一次性的杯子上写着这样的英文："take your time, easy your mind."可翻译成"慢下来，让灵魂飞一会儿"。我想，这杯子上的文字，是书店营销理念和阅读文化自然巧妙地融合与彰显。

这里是城市的街区一角，周围虽车水马龙，书店在这样的一隅倏然给人心传递了一种静谧的气息。约莫一个小时的光景，虽没有阅读，但我们感受到了书香和宁静，这就够了。当我们走出来时，遮阳伞已经收下，8月中旬的天依然很热，但这时候已经有了些许凉意，树上的叶子有掉落在地面上的，被夜的凉风吹卷起来，让人想起已经立秋了，书店在这样的意境里也平添了一抹诗情画意。

从某种意义上说，书籍和阅读可以让灵魂得以诗意地盛放、飞翔，城市里这样的休闲书吧，则为忙碌的都市人群、匆匆的行者，适时提供了一个身心休憩的小站，它引导人放慢脚步，享受片刻的休闲时光，体验诗意人生。

（原载于《小龙人学习报》2016年9月26日八年级读书版）

灵魂的另类行走

纵然每天有功课压身,但少年的心思从来都是充满幻想和遐思的,想压制这种念头恐怕也难。现在的同学们更注重个性的张扬,追求特立独行的个人魅力,要不怎么说少年心事总带了那么一些"狂"呢!

不过,一天脑子里只任由个人的一些千奇百怪不着边际的想法天马行空,终究恐怕就应了"思而不学则殆"这句古训了。对这一点小编也是深有体会的。记得我从上小学到中学,直到大学,就很爱想一些关于生死、宇宙等的大问题。想想,这都是人类千百年来的哲学命题,一个小孩子要想想清楚,简直是天方夜谭,只怕剑走偏锋,最后钻进牛角尖,迷失了自我,耽误了学业。

当然,这听来似乎是有点可笑的,我这里只是用自己的实例警醒大家,唯恐同学们也出现如此情况,算是"前车之鉴"吧。

直到现在,我还对那一段经历有点不能忘却,因为当时真的太迷茫,迷茫得近乎绝望。我一直把那一段心路历程总结成青春期的诸种烦恼之一,也不知道是否科学。现在凭借自己的阅历和经验判断,解决当时这样的心灵矛盾和困惑最好的办法就是,多看一些有关自然科学、简单的哲学方面的书籍,情况就会大不一样。

想当初,家里和学校,除了课本,能读到的课外书真是少得可怜。当时这样的思考根本无法和同学家长沟通,只能一个人憋闷了。如果有了书,就可以通过书本和大师们对话,请教答案,很自然就会得到一种解答,求得一种共鸣,茅塞顿开后,还会激发对学习的更大兴趣和动力呢!

要让我们的灵魂真正变得充实有质感,离不开阅读,让我们的灵魂在阅读中另类行走吧!

(原载于《小龙人学习报》2006 年 6 月 5 日八年级读书版)

阅读片语

这些年,作为编辑我养成了一种习惯,就是虽然阅读有限但有意识要把自己关于阅读方面的信息、感悟和同学们分享。

上学期,《小龙人学习报》开设了读书俱乐部的 QQ 群,我坚持每天跟同学们分享一条读书名言;这学期开始,我每天分享一段我曾经针对同学们读书写过的讲义《阅读,让我们发现成长的美丽和诗意》。昨天,在群里我发了一条名言:"不去读书就没有真正的教养,同时也不可能有什么鉴别力。——赫尔岑"。过了一会儿,有位叫"陌先生"的女同学发言了,她说:"我不太赞同赫尔岑的话。"我做了回复:"陌先生对这句读书名言提出了自己的反思和质疑,说明是认真思考了,且有自己不同的认识和观点,这是一种很可贵的治学品质,赞一个。"名家的话也不是绝对的正确,我个人认为这种质疑是有一定道理的,一个大字不识几个的人也可以通过生活里的耳濡目染心领神会习得教养,拥有鉴别力,但这句话赫尔岑是带着强烈的感性色彩着重强调了读书的重要性,这也是可以理解的。

最近看央视的《出彩中国人》节目,里面有一个叫王小贝的老人,80岁了牙没掉一颗,还能用牙齿拉动载着三个人的小轿车,主持人问其为何如此强悍,她说她年轻时候读过《钢铁是怎样炼成的》这本书,是这本书让她在人生中总是迎难而上,不怕挑战。《钢铁是怎样炼成的》这本书,苏教版八年级语文课本里有推荐,我多次在版面上给同学们做过经典导读,但我觉得王小贝的生命状态是这本经典的一个最好导读。

路遥先生是我很崇敬的一位作家,用生命写作的他却英年早逝。最近,根据他的作品《平凡的世界》拍摄的同名电视剧正在东方卫视热播,我正在读此书,建议同学们抽空也可以读读这本书。他的文字让人感觉是用一颗赤子之心在和读者对话,他在自己生活的说着陕西土话的苦焦农村——那个平凡的世界里发现、诠释着人生,直通人性和生命的深处,能激发人强烈的共鸣,感染你触动你,他一直在生活的苦难中寻找生命的意义和价值。我在版面上会截取一段这部作品中提及《钢铁是怎样炼成的》这本经典的片段,看看作家对这本书的生动引介。

还有,最近《狼图腾》这部电影很火,我目前还没看,但家里有这本书。据说这本书得过很多奖,很畅销,几年前就有同学推荐过这本书,我准备读。

（原载于《小龙人学习报》2015 年 4 月 27 日八年级读书版）

神奇的"一句话"

新年伊始,我也和大多数同学一样,给自己准备了一个好句积累本,我给它取名——心灵语丝日日抄。

刚开始的时候,并没有意识到它会起到什么作用。但慢慢地,当拿起笔记看那些摘抄的时候,我感觉到了一种神奇:因为那看似简单的一句话,有时是一盏心灵的灯,能照亮生活,让你更乐观更精彩地活;有时能给你一把推力,让你在日复一日的学习工作中超越琐碎和单调,发现生活的灵动和诗意,让平凡的日子有了新意;有时是智者的箴言,正好应和了你的心境,适时点化了你,让你认识自己,看清前路……

在抄录文字的那一刻,心静静地体味着"一句话",没有长篇大幅给人的负担,只为这一句话的风景驻留、沉思、领悟……

因一句话而有了几分钟的领悟、几分钟的精彩、几分钟的勇气、几分钟的永远……在人生的旅程中有了这几分钟的慢品味和微成长,也许下一刻的改变就是从这不经意的一句话开始的。

在此借一句关于读书的摘录做结,和同学们共勉:

"书中毕竟有人生,人生毕竟一本书;书业杂芜,仍要耐心从中淘出善本精品,人生诡谲,仍要坚韧地追求活着的真谛。"(刘心武语)

(原载于《小龙人学习报》2014 年 6 月 23 日八年级读书版)

"宅"读之乐

　　看当下，书里人间谈起旅游有概念之种种，人人似乎对旅游都有自己的见解，旅游很火爆或已成为时尚的代名词。一度，我也为能"活出自由"的旅游而神往，但限于金钱和时间之种种因素，终归心动到行动的距离还是遥远。

　　无心对旅游妄发自己的感慨，但要说，"宅"不一定就完全是闭塞。

　　《老子》曰："不出户，知天下。"当今社会通信发达，做到这个稀松平常。但难以料想两千年前的老子为何如此道来。对此，有学者认为，老子是一个唯心主义者，过于看重理性的作用，而我更赞同这样的观点：作为一个哲学家，老子谈的是哲学上的认识论，即在认识上纯任感觉经验是靠不住的。因为这样做无法深入事物的内部，不能认识事物的全体，而且还会扰乱人的心灵。那么，要认识事物就只有靠内在的自省，下功夫自我修养，才能领悟"天道"，知晓天下万物的变化发展规律，这句话强调了领悟的作用。而只有知识没有领悟，知识就是机械的堆积，只有领悟后才会进入灵魂和认识。

　　台湾作家李敖说，他到美国纽约和到台湾家里待着感觉没什么区别，因为他不出门。一度感到此话十分的黑色幽默，但想想真有同感。李敖说他也旅游，但他是在书里旅游过，很多人去了某地不知道的他却从书里能给他人道原委做解释。

　　白岩松说："有时候我就在家里呆着，呆着的时候离世界很近，离生命也很近。"他的话似乎道出了我时常心中有却口中难以言的一种感受。是啊,在熟悉的家待着的时候,能以最舒服的状态安置身心。尤其,当捧起一本书,以自己舒服的姿势偎在被窝或沙发里的时候,文字慢慢带着你让灵魂徜徉,或者累了索性小憩,这一刻心灵回归到婴儿,是那么自然而舒乐,那一刻,你感觉你的生命完全属于你,连整个世界也都属于你。

而现代人常常奔忙到灵魂丢失,这样"宅"着岂不是身心合一的快乐?"读万卷书,行万里路"。我不认这个死理,唯此一时彼一时心境使然,宅读也挺好。

(原载于《小龙人学习报》2014 年 4 月 28 日八年级读书版)

让书美好地与你相遇

平时忙于上班，最近有几天公休假宅在家，自此开始了我随心所欲的慢生活。其中有连着三天上午去了书店。

早晨从新华街熙熙攘攘的早市出来，9点刚刚过，从步行街口向对面的鼓楼新华书店望去，门开着，大概是也到了营业时间。

虽然离得近，但有一段时间没光顾过这个书店了。地方报纸说，鼓楼书店有了喝咖啡的地方。几次坐公交路过，看到书店确是重新装修了。远看去，绿色的门头，鲜红的毛体"新华书店"的字样极醒目，富有伟人书法的独特魅力，流溢着红色历史的某种神韵，耐人寻味；最吸引人的是旁边"品读时光"四个红色大字，纵然毗邻的街道是宁园，是热闹的早市，是大妈的广场舞，但看到这四个字的时候，忽然感觉这个城市有这么一方宁谧的精神之地，让炎夏三伏的天也凉爽了起来——心静自然凉，这是一片闹中求静的世界。倏然间，亦感觉自己走神到了另外一个时空，也许是异乡的巴黎或者纽约，但这里的确是银川，这个西北一隅的城市因了书店更添了都市的文明气质。

走近门口，细细看了门口的花圃，是真泥土里种着真花草，从花圃透过玻璃墙，能看到咖啡吧。进门发现，里面的咖啡座椅早晨人少，我并没有去体验，但能想象在这样书的世界里，和朋友聊天或者自己读书，或者无关他人，只看窗外的风景，定是一件平常又诗意的事。

这几天，在如此优雅凉爽的书店里，选购自己喜欢的书，感觉心被这样的书香和慢阅读所超度，进入了自在的境地。

有位叫威尔逊的名家说:"书籍是通过心灵观察世界的窗口。住宅里没有书,犹如房间没有窗户。"而书店对城市又意味着什么呢?也许会有很多种说法,我想到的是,书店是一种城市生活美学。

（原载于《小龙人学习报》2015 年 9 月 28 日八年级读书版）

觉醒的花园

"人总是要有点精神生活的。"以前听一位老师在倡导大家读书时说过这句话,当时觉得这句话是有点抽象的。

最近某日,忽然意识到人在衣食住行等具象的物质生活之外,一个"无形"的世界(精神世界)亦从未有过地具象,它在我眼前出现了一个园子。

这样一个园子,我们每天都以各种方式侍弄着它。我们所学的知识,喜好的书籍音乐,碰面经见的人和事,走过的路,我们的理想、信念,等等,所有这一切,在我们心里留下的即时即刻的感受或长久的思忖、玩味、领悟、坚守,都是这个园子生长的草苗或开出的花朵。

每个人都拥有这样一个天然的与生俱来的园子。可这个园子却因人而异。有人一生只是浅浅地随意地耕种侍弄,甚至任其荒芜,这样一个园子自然没有风景。有人在留心地耕作,得到的经验、教训和领悟,一桩一件的,都长成了智慧和风景;生活处处都是学问场,有人会有意识地经营自己的园子,把点滴的感受和所得适时归置梳理,犹如在园垄里除草施肥浇水,天长日久,这园子就变得郁郁葱葱,百花争艳,芬芳满园⋯⋯

可以想象,园子荒芜的人,其灵魂也会苍白而简单;留心耕作用心经营的人,会有宜人的风景,其灵魂也会丰满而细腻。也许他并没有美丽的容貌,但其丰富美好的内心世界使其成为一个有情趣的人。

(原载于《小龙人学习报》2013 年 6 月 24 日八年级读书版)

"感受"复旦学霸宿舍随想

"你们来感受一下复旦学霸的宿舍!"最近,网上有这样一组照片走红网络,在互联网每时每刻爆出很多千奇百怪甚至骇人听闻新闻的今日,似乎一切都见怪不怪,但我第一眼便放心点击了此文,因为文章提要里缩小的照片能清晰地看到,这次不是"校花""校草"的流俗讨论,而是书。

点开网页,先放大原图仔仔细细浏览所配的两张图片:只见寝室成了书的海洋:床铺上的书高高垒起,一直紧贴到天花板。书桌上原有的每一个隔层都被书填充得密密麻麻。除此以外,紧靠着宿舍墙,还另外添了好几个六层书柜,地上的角落还放着好几箱书……虽然是宿舍,但书摆放得并不机械,小书台上还放着个人喜好的小工艺品,堪称一个富有个人特色的小图书馆。

此位"学霸"名陈天翔,是复旦历史系研二的学生,他嗜书,所有的钱都用来买书,这几年下来积攒了一宿舍的书,为此,他特向校方申请将原来的 305 宿舍专门用来藏书,由此办起个人公益图书馆,面向全校同学开放。对于很多爱书人来说,最惧人借书,此举难能可贵。现在,如有借书的校友来,他们还会一同侃侃图书论文……

网友看到这个照片后称:"差距啊,看到人家的藏书,就知道自己是多么的不爱读书了!"有网友对此提出赞许:"天下第一等好事便是读书,天下最有意义的收藏亦是藏书。"

看这个网文时,我眼前浮现出一个爱书、儒雅、饱学又心胸开阔的名校学子形象,而在这样相对浮躁、很多人远离书籍的喧嚣时代,更能感受其于书于学的一颗静心和笃定。

走进一个有书的屋子,或者哪怕是看一张这样有书的图片,会发现一本书的生命就不仅取决于文字所散发出的能量与魅力,还有书籍摆放所承载的美感和情调,乃至一个爱书人的情怀,抑或是由你此刻心境所赋予的意境……

(原载于《小龙人学习报》2013 年 12 月 9 日八年级读书版)

本来就是爱书人

打开电子信箱,发现钟林老师又有投稿——惊喜。

迫不及待地打开。

不能说是纯粹的稿件,该是名副其实的信——这次,在世界读书日来临之际,钟老师给山乡教师发出了阅读倡议书《读书为我们的生活添彩》,副题是《在世界读书日之际写给农村教师的信》。

我又一次地被钟老师震撼了。

钟老师是宁夏中卫市海原县关桥镇教委的一名老师。就在去年年底,钟老师给《小龙人学习报》投过《山间麻雀与村小教师》一文。其文短小精悍,用凝练诗意的语言,以他身处僻壤做教师的体会,展现了山乡教师用生命中最炽热的情感不声不响投身教育事业的情怀。文字给予山乡教师的不仅有内心情感的深深理解,同时勾勒了山乡教师素朴平凡中高大的师魂,让我们山村教师乃至所有教师同行看到自己的价值和职业的伟大……

就像他的文字里所说,这样的山乡小学"像中国教育的一个个灯盏",而这样素朴得像"山间麻雀"一般的"土教师",就是这个"举灯盏的人",他们托举着中国教育最底层的希望。

文章彰显了一个山乡最基层教师的教育大情怀,在美的意境中,在实在而恳切的情感里,给人以震撼和深思。

眼下,这来信是钟老师和同行交心的实在话,之中还有他高远的职业理想和人生追求。信里的字字句句就像温暖的春风拂过心间,也似一条清澈、激情的河流在重复不断地拍打、激荡着我的心岸……在我的阅读体验中，这样的经历是少有的；也是因为，他是我身边的老师，这种震撼更大，虽然至今，我也没和钟老师见过面。

这里，我要借钟老师的信，行我编辑的义务，在世界读书日来临之际，向所有的教师发出读书倡议，在此引用其精彩段落与广大老师共勉：

教师必须成为一本书，生活再贫困也要买书，工作再忙也要读书，交情再浅也要送书，屋子再小也要有书。只要坚持每天读一页，你就会成为有价值的一本厚书。最后送上狄金森的一句话作为结束："没有一艘船能像一本书，也没有一匹骏马，能像一页跳动的诗行那样，把人带向远方。"

（原载于《小龙人学习报》2011 年 4 月 18 日教研版）

魔幻枕边书

上初中时，班里跟我同宿舍的春学习很拔尖。有很多次，晚上宿舍熄灯前，我们看到她总要在枕头底下压上一本书。有一次，宿舍里最爱说奇异理论的莲对我悄悄说："把书压在枕头底下，经过一夜的睡梦，书本里的知识会神奇地印入大脑，这就是成绩高的秘诀！"

我听了这话，一时愣住了，继而感到万分新奇，仿佛真看到了在夜晚，一个魔幻的氛围里，书本的知识通过枕头施了魔法般地移植到大脑的过程……

我和她都试过了……

哦，我那可爱的同窗莲连同那一段青葱岁月！

枕下书的魔力也许目前是停留在想象中的。

回归生活的真实，枕边书往往成了入睡前的"诱饵"。我很多次提醒自己，枕边躺着看书对眼睛不好，对颈椎不好，可拥被卧读的舒适、惬意，往往让人管不了那么多。

也许在真实的人生里，我们没看到枕边书的魔幻之力，但经年累月，蓦然，许会发现枕边书为人生添加了久久长长的滋味，也是你我一天里醒时最后的一抹诗意，这是真的。

（原载于《小龙人学习报》2009 年 5 月 11 日八年级读书版）

"荒读"的背后

因个人爱好和做编辑工作的需要，我翻阅过一些书籍。

我对自己的阅读并没有做过刻意的设计，说起来，起初是如饥似渴的博览，当然不免狼吞虎咽，而坦白说，通过此类阅读，我享受过精神上的大快朵颐，回想这种感觉，至今让人心生快意。

对喜爱的书籍也有过相对精细的咀嚼，逐字逐句地品味有着无限意味，仿佛时间在这品味里能为你停留，那一刻，走进文字，被人生的丰富滋味所包围浸润，心大抵都是自然自由的。

我对好书从内心永远抱有神圣和尊重，而有段时间，我发现自己开始对"阅读"有一种倦怠，这种阅读感觉的变化让自己也有些许吃惊，甚至有些时候我遵从自己的内心，索性"荒废读书"，谓之"荒读"。

我也有意留意古今大师们对于读书的见解，欲在他们的言论中索求答案和指点。鲁迅说："我们自动的读书，即嗜好的读书，请教别人是大抵无用，只好先行泛览，然后抉择而入于自己所爱的较专的一门或几门；但专读书也有弊病，所以必须和现实社会接触，使所读的书活起来。"德国哲学家叔本华说："不要让自己的头脑成了别人思想的跑马场。"奥地利作家卡夫卡说："我们需要的书，应该是一把能够击破我们心中冰海的利斧。"……

这几句话对我认识自己的阅读倦怠非常有用，我想在阅读旅途中，我们起初也许曾被有些书牵引着、扶持着走过，该对这些书心怀无限的感恩。而慢慢地，你在书籍面前必须立起来，站定了，有自己独立的精神、思维和见解，你要变成书的主宰，这样的读书生活也许才会保持活色生香，生机无限。还有，阅读要保持着和生活、世界的联系，须"活读活用"，才不至于走向"书呆子"的可悲。

（原载于《小龙人学习报》2010 年 6 月 7 日八年级读书版）

和另一个生命相遇

——也说"知人论世"

前几日参加宁夏中考语文研讨会,中考内容解析的老师强调,欣赏作答作家作品题,尤其是古诗文相关的作家作品,学生不能光死背作家生卒年月及其作品,而要在此基础上学会简单的知人论世。

何谓"知人论世"?《现代汉语词典》上说,"原指要评价人物就要研究他的时代背景;后泛指评价人物,议论世事。"再看延伸义,"知人论世"也是"传统文学批评的重要方法"。也就是说,欣赏评价作家作品,只有先了解了作者的生平、经历、思想、性格、气质,再结合作者所处的人生阶段、时代特点、文艺思潮等因素,才能准确把握诗文的旨趣。当然作为初中学生,不能要求太高,但欣赏作家作品起码要简单了解作家的生平背景,能联系作家作品来简要阐述作品特点,把握作品的思想情感。

这里我想说自己的一点阅读体会。以前读书,只是单单地读眼下的文章,大有"看山是山,看水是水"的意味。但现在,如看到自己喜欢的文字,就很想知道文字的作者是怎样一个人,会立马在"百度"搜索作者的生平、经历、思想言论、相关作品等内容,一番"大快朵颐"的浏览后,回头再看文字,对文字里倾注的作者的思想情感往往会有更深的理解和体会,也会有一种全方位、立体了解一个作家的阅读快感。

由文字而想要迫切地认识一个人,这样的阅读,不再是机械地为读而读,而是读中贯通生气,在结识一个朋友,理解一个更鲜活、饱满的生命;这样的阅读,不再是就文看文的浅了解,而是生命和生命的一场相遇;这样的阅读，不再是简单的寒暄，而是会调动个人的人生体验、阅世经验去理解、判断、评价其人其作，是灵魂和灵魂的会晤交流甚至是博弈，不知不觉中已经带上了"知人论世"的探究。

同学们功课紧张，又有考试的压力，这样的阅读可以在寒暑假里慢慢来。

（原载于《小龙人学习报》2013 年 11 月八年级读书版）

让语文书可爱起来

在我当学生的时候，所接触的读物甚少。对于学语文来说，课本几乎就是所有的读物了。但即便是这样稀少的读物，因为有作业、考试的压力，课本似乎在眼里也是"工具书"，没多少生动可言。

近几年，为同学们编辑《小龙人学习报》的"同步课堂"版面，和同学们一样，编辑也要阅读课本、熟悉课本，按说也是在做工作，但也许是比同学们做作业、考试要来得超脱些，也可能是因为做编辑算是"阅文无数"吧，才觉醒语文书也很生动呢。里面选的很多文章都是百读不厌、意蕴丰富的经典作品。

作家叶圣陶在《谈语文教本》里说："语文教本只是些例子……"所以，学语文我们提倡让同学们更多地涉猎书报杂志，拓展课外阅读。阅读量大了，对文字和书籍就有了高下的判断，就有了鉴别的标准和欣赏的眼光，这时候，即便还是要应付作业、考试，因为"识货"，课本许也会变得"可爱"起来。

（原载于《小龙人学习报》2010 年 11 月 15 日八年级花样版）

请远离不健康书籍

"我们班里不乏爱读书的同学，但有的同学读的却不是正道上的书。"这是近日编辑在和银川一位中学语文老师谈及班级阅读状况时，老师聊起的一个现象。

这位老师也带八年级，她说学生有阅读习惯，作为语文老师是很高兴的，但令人担忧的是，有些同学可谓"对书'痴迷'，但'痴迷'的不是恐怖故事，就是粗糙的卡通漫画，最要害的是这些书中还充斥着色情暴力……"老师说着，随手在她的办公桌旁的窗台上给我拿了几本书，说这都是她课堂上没收同学的书。

我翻了翻这些书，的确，这些书纸质粗劣不说，书中字体很小，印刷也不甚清晰。仅看书名就能略知内容一二，或故弄玄虚或极力渲染恐怖、暴力和色情，它扮成"书形"，看似温文尔雅，殊不知却把危险的魔爪悄悄伸向了同学们尚显稚嫩的心灵，对涉世未深、缺乏辨别能力的同学来说会对其身心成长造成毒害。

歌德说："读一本好书，就是和许多高尚的人对话。"可以净化心灵，陶冶情操，引领人走向光明的前景。这里编辑要给亲爱的同学们提个醒：远离不健康书籍，"好读书，读好书"，这才是真正的阅读。

（原载于《小龙人学习报》2010 年 5 月 20 日八年级读书版）

读书的时间从哪里来?

有言道:"腹有诗书气自华。"可同学们每天要面对多门功课时间很紧,很多同学也都抱怨读书没时间,非常能理解。但仔细一想,每个人的一天都是 24 小时,同样是要吃饭睡觉学习做事,但有的人就把一切处理得相对妥当了,使自己的生活有序而从容。

就拿读书来说,每个同学都是一样的学时,都面临时间紧张的问题,但班里还是有同学有自己的阅读生活,那他的时间又是从何而来的呢?我想同学们可以观察一下,思考一下。

今年 5 月,我在银川十中采访,八年级的曹学伟同学给我留下了深刻的印象。他读过《红楼梦》《红与黑》《巴黎圣母院》等十几部中外名著,我特意约他为版面写过两篇读书方面的稿子。他在文中说:"阅读名著总会与那些冗长繁杂的文章碰面,缺乏耐心就会影响我们读名著。耐心是心中的雄鹰,翱翔着伴你而来,拂去一路漫长的寂寞。"平时你是否连短小的文字都没有空看呢? 这里读的可是名著,体会一下,"耐心的背后,是一颗心要沉静在文字中时光里,这样才能进入读的感觉和状态。他的时间可真是够充裕呀! 问他都是什么时间读的,他说课余闲时抽空看,还有假期有整块的时间。读这么多的课外书,耽误学习了没? 一打听,他是年级学霸。

鲁迅先生说:"时间就像海绵里的水,只要你愿挤,总还是有的。"问题是看你愿不愿意挤。

(原载于《小龙人学习报》2010 年 11 月 1 日八年级读书版)

刻进心灵的文字

在这个信息如海浪涌袭的时代，能拥有一份安静的阅读心境也是难得甚或奢侈的。

很多时候，文字和图像就像流沙和风，在人的眼前掠过，看过依然是空洞和茫然，我们甚至一无所获。但在这样的时刻，有一种文字依然能跳进你的眼里，让你的心一瞬间有了静的感觉。这些文字也许朴实、自然，但一字一句，就像一把思考的刻刀能刻进你的心灵，感染你、打动你、震撼你……读李汉荣的文字就是这种感受。

很早注意到李汉荣这位作家是我为同学们编辑一篇阅读材料的时候，再次编辑他的文字，真切的情怀，细腻、质感的文字，令人感动和欣赏。

当期编辑的作家主题阅读文字有《回忆父亲·遗容》《转身》《与植物相处》3 篇。

（原载于《小龙人学习报》2011 年 4 月 11 日教研版书香版）

我与书的交情

上学读了十几年的书，上班后从事报纸工作要常浸染于书，再加之我来《小龙人学习报》前后十多年一直在做读书版，我与书可谓是多年故交了。

历数我与书相伴的日子，有些感受只可意会，但还是想说一说。

当学生时，读书多为成绩为前途拼，闲情逸致的读书也是有过，但少。更多的时候，书本像是一个没被当作朋友的友人，它成就你的前程，把你从懵懂的自然人不断教化趋向于文明人，可你并不自知。后来工作了，没有了分数的压力，工作更像是一个不会现场打分的人生舞台，这时候的读书会渐入佳境。有过最初对书的狂热和痴迷，这时多为狼吞虎咽型的读书。后来见得书多了，能识别书中文字的品质，更多时候会用一种相对恬淡、悠闲的心境品味书籍。这就像交友最初的热情后，会用自己的阅历打量朋友，当然好的朋友会给人添加不竭的精神营养和前进的能量，书亦如此。这时会由迫不及待地接纳书为好友慢慢变成会理性地作一些辨识了。

今天，拿起一本书时，一如"弱水三千，我只取一瓢饮"，但亦感慨"世上好书千万，我只拿一本读"，可在诸多的诱惑和干扰下，要把一本认定的书读烂读透，这样的定性又谈何容易？

在不求甚解中翻了一些书后，如今亦发觉，依然要与好书相伴才不枉费光阴，关键在于，读书首在明理，明理后要力行，否则，不如不读。而所读之书，天地自然人事皆为书，是最生动的大书，也是常说的无字之书，读透这本书才是真功夫,但又不能简单地说手里的书就是单薄的。

君子之交淡如水。今天,常常在喧嚣的生活里忙里偷闲拿起一本喜爱的好书,和生活对照着,从中找寻生活的真意,安养一份好心情。在放下书后,更希望自己摈弃脑中由书盘结起来的条框,也放下读书给脑力带来的负累,像一个不读书的人那样去思考问题。

（原载于《小龙人学习报》2011 年 9 月 12 日八年级读书版）

"书籍是思想的玩具"

小龙人学习报社名家进校园活动中，我聆听过时任宁夏大学人文学院教授郎伟先生《阅读让生活充满芬芳》的讲座。郎教授在讲座中提到过这样一句格言："书籍是思想的玩具"（英国作家劳伦斯语）。听到这句格言时，我感到了前所未有的震撼。

生活中，书籍一般被我们认为是正襟危坐获得知识的最普通的工具，大概很少有人会把书籍和玩具联系起来。将书籍比作玩具，这样新鲜、智慧的比喻，让人咂摸出些许俏皮、幽默，体会到一种无拘自由的生活态度，同时，还感受到一种极形象和深刻的意味。

在这个睿智的比喻中能体会到这样几层意思：首先书籍是供人在大脑里、在思想的世界里去玩索的，因而高出普通玩具一个层次；其次，看着四方四正、呆头呆脑的书，走进去，其实是有趣、新奇的，小书本，大乾坤，书籍甚至是富有魔法的玩具……

这个比喻让人回归儿童的天性，而在此，无论男女老少，某种意义上都可以回归到童年，整个人类都可以是这个"玩具"的主人。

就此想象一下，那买书淘书的过程不就是在买"玩具"么？在你有兴味的时候，只要你愿意，就可以随手从书架上拿下来"玩"了，真是惬意——我们真没有理由不爱上书籍了。

（原载于《小龙人学习报》2009 年 9 月 14 日八年级读书版）

豌豆花游思

在拿到新近的一期《读者》时,一篇文章配的插图吸引了我:图中有几朵花,素描的,但黑白色彩里,细腻的线条勾勒中,花的形神立刻让我找到了一份久违的亲切感——是豌豆花! 哦,这曾是多年前摇曳在我童年、少年里的花儿呀!

记得小时候,大概每年五六月份的时候,故乡的山野里的豌豆花就开了。那时候,我很多次跟着母亲去自家的地里锄草或在地埂上铲草,丛丛的豆蔓在地里绵延生长,直起身来擦汗或撩头发的时候,眼前就是一片豌豆花的海洋……白豌豆开白色花,麻豌豆开粉色或桃色的花。往往一株豆蔓上要有几朵花,有的还是花骨朵,有的怒放,它们一个个形似喇叭花或开或合,却又是大自然独特的杰作——并未平庸地模仿喇叭花,而是富有它自己的形神,在天宇间热烈地绽放,悄悄地私语,引来蜂蝶翩飞逐闹……

十多年以后,当我置身城市,每日走在被水泥硬化的路上,在街道旁的树根下见到区区一平方米见方的泥土地时,曾经记忆中广阔的天地,那地里的豌豆花儿,还有我依恋的母亲,都变成了唯美的梦境……

有时看一篇文章或一张图片时,我们更享受那游走的神思,也许这比文图本身还富于趣味和美,这也是阅读的另一种趣味吧!

（原载于《小龙人学习报》2011 年 5 月 16 日八年级读书版）

今天你修炼眼神了吗?

提起眼神,不由得要说起演员梁朝伟那双深情的眸子。

其实,普通人也需要"深情款款"的双眸,但得分场合呀。小编在此要说,普通人的眼神也可以修炼,此并非名人的专利(也绝非只需要"深情"这一种),方法便是——读书。读书修炼眼神?请听逻辑:眼睛,心灵的窗户;读书养心,相由心生,反射到眼睛里,不是修炼眼神了吗?

同学们请注意观察手捧书本的专心阅读者,或者先回想一下自己阅读时候的身心状态,眼神的样子,都是怎样的? 据小编观察,一个人阅读时,他的眼神是很动人的,眼神因读书内容的不同而不同:专心读功课时眼神是很聚的样子,眼神里透出认真、勤奋、心领神会;读小说,那可就丰富了,心情很可能跟随情节的变化而变化,眼神里也会随机显现出喜怒哀乐之各种情态;读散文,眼神往往很安详、平和、淡然,有所顿悟,似乎透过眼神能看出大脑正荡漾开一圈圈感悟生活、思考人生的波纹……

有人说,读书的姿态是世界上最优雅的姿态,即便是坐在马桶上。我说,读书是怡情养性的,除了颐养优雅的姿态,还能修炼优雅的眼神;阅读时的眼神,更多的显现出一个人心无旁骛、平和、安静、从容的样子,即便是隔着眼镜,也抵挡不住那样纯粹的神气。

今天,你有修炼过眼神吗?

(原载于《小龙人学习报》2008 年 3 月 10 日八年级读书版)

感恩阅读

作家冯骥才说:"写作是一种与世隔绝的想象之旅,是钻到自己的心里的一种生活,是精神孤独的文字放纵。"这是一个作家与文字打交道的深切感受,也可谓"写作的秘密"。作为我们中学生,平时写作文,还谈不上真正的写作,但相对阅读,几乎是没有台阶的,每一个识字的人,只要乐意,都可以跨进这个门槛。

不免为阅读的低门槛而庆幸,而最庆幸的是,你能由阅读获得最廉价却也是最奢侈的心灵旅行。

我们每天读书学习,到用心专注时,心灵被知识的思辨占据着,忘我而无忧。对于每个人来说,这是一种幸福的状态。我们似乎由此能体会到一点科学家着迷做研究的快乐,由此也能理解为什么牛顿在做实验时能把手表当作鸡蛋煮,陈景润走路时为何会撞到电线杆……

阅读,很多时候,是让身体安静下来,去看心灵的风景。

感恩阅读,阅读使我们有幸享受人世间这种看似平凡其实奇妙的滋味。感恩能享受阅读,首先感恩自己的聪慧,感恩自己的聪慧,就要感恩父母的养育,感恩父母让自己进了学校识字学习,还要感恩老师的教育培养……

感恩阅读,感恩人生。

(原载于《小龙人学习报》2008 年 3 月 24 日八年级读书版)

◎ 读书时光

105

说自己想说的话有多难

写作文强调要摈弃套话、假话、空话，表达真情实感，用我手写我心。对于大多数同学来说，这个道理都懂，但就是不知道如何做到。

要说写作文不就是面对着纸张用笔说话吗？听起来简单得像喝水吃饭一般自然，可真正要提笔"说话"，发现还真不是那么简单的事，那么，说自己想说的话到底有多难呢？

作家王跃文说："尽管真正的写作是一种成熟的表达，而作文还需要学习着表达，但有一点二者应该是相通的，那就是说自己想说的话，都应该睁开自己的眼睛去看，竖起自己的耳朵去听，赤裸着心灵在星空下去感受。因此，写作也好，作文也罢，都需要真诚，需要自己对生命的真实感悟。或者说，写作就是一种真实的生活态度。"

这里，我以为作家说得很有诗意，也颇富哲理，但"睁开自己的眼睛""竖起自己的耳朵""赤裸着心灵"，并不是谁想做就能做到的。

以小编粗浅的涂鸦体验以为，阅读是能通往作文的阶梯。持久良好的阅读习惯能开启一个人的心智，通过阅读体会到的感情，甚至被一个字眼词句所联想或触发的情感，能一点一滴滋润、丰富你对生活的感受能力；在用心阅读的过程中，遣词造句、起承转合等作文技巧，在领会文字情感的过程中，会慢慢潜移默化形成一种作文的直觉。这样一来，下笔就有话可说了，这也是我个人理解的"读书破万卷，下笔如有神"的道理。

读书丰沛了感受，也点化提升了对生命的感悟力，不能不说感受生活也是一种素养。有了这种素养，就形成了作文的良性循环，到那时候，眼睛就能真正睁开看世界百态，而非刻意地发现；耳朵就能倾听生活心灵的声音，而非只是听到物理意义上的响动；心灵像天体般自然悬挂在星空宇宙，这样一来，要是作文，就可以慢慢向内心的真实靠近，说自己想说的话了……

当然，有人说，你是不是要大家变成书呆子啊，只会纸上弄点笔墨，《红楼梦》言："世事洞明皆学问，人情练达即文章。"最后我还要提一点，在阅读的过程中，同学们年龄的增长，成长阅历的积累，也是作文的富矿啊！

（原载于《小龙人学习报》2008 年 4 月 14 日八年级读书版）

花季里的"头脑风暴"

　　给同学们推荐这本书，让我很真切地回想起自己的中学时光——对我来说，那是一段心灵过度纠结挣扎的日子，越想认识、看清这个世界，世界却越变得混沌无序，有着像穿越迷雾般困惑、迷茫乃至绝望的心境，那是一场花季遭遇的"头脑风暴"……似乎现在回想起那段心路历程心情还会觉得沉重。而我想，那个时候如果能遇到《苏菲的世界》这本书，也许会从这种痛苦中得到解脱。

　　每个人也许在很小的时候就有过力图去认识这个世界的心灵体验。尤其在我们十几岁的时候，往往会萌发很强烈的认识世界的想法，但由于学业的压力，有时候处理不佳，这场"头脑风暴"往往会使身心疲惫，因为千百年来，哲学家们都难以解答的问题，诸如"人是什么""为什么活着""世界是什么"等问题，以我们十几岁的认知想给出答案，可能就是为难自己……

　　现实中，除非你有心灵契合的朋友，可以谈论这些话题，找到共鸣，哪怕是一种有相同困惑的共鸣也好，但如果仅仅一个人思考这么宏大的问题，就会产生巨大的孤独感。

　　挪威作家乔斯坦·贾德的《苏菲的世界》，用特别巧妙、活泼、有趣的方式引领孩子，引领我们每一个人用科学的思维方式来面对人类的终极关怀。我想，这也是这本书成为经典的原因之一。

（原载于《小龙人学习报》2008 年 5 月 7 日八年级读书版）

一个班级读书的小小缩影

近日,在世界读书日来临前,记者在宁夏银川市第二十四中学八(6)班做了一项随机调查,调查的主要内容是同学们课余有无时间看书,看不看书,老师家长对看书态度如何,读过的印象深刻的书有什么,等等。仔细读了收集上来的纸条,发现这个班级中绝大多数的同学是爱读书的。

关于读书时间,只有个别同学说课余时间要背单词、做作业,没时间看书。大多数同学的阅读时间除了周末、假期外,在午休、晚睡时间看书的也不乏其人。课余和该校胡凤贤老师聊了几句。她说她的班级中绝大多数学生爱读书,读书关键要合理安排时间,像她班里有的同学作业完成得快,在消化完一天的功课之余,还觉得有精力,就能在大自习课、回家后安排读书。再者,养成一个随时随地读书的好习惯也很重要。我很赞同胡老师的说法。

调查中同学们说,平时读书,只要是对学习生活有益的书,老师和家长不但不反对,还很鼓励大家看呢。滕臣薇同学的家长还常常帮助她搜集好书。

值得一提的是,被誉为班级书痴的薛明慧同学,她在感悟深刻的书中,还列举了《论语》《道德经》《庄子》《资治通鉴》等书,这些经典古籍也能"啃",真是佩服!

(原载于《小龙人学习报》2008年4月1日八年级读书版)

行走中的阅读

在家门口看风景，没有出远门身在异乡的客愁。骑上单车，走在街头，就可以开始自己想要的旅游。

往城市的远处走去，穿过那一条熟悉的小巷、走过那一片幽静的小树林、望过那一面平静的湖水，这一切都似面熟而并未打过招呼的邻居一样，只要你轻轻走近它，给它一个微笑，或对它默然凝眸，它就能带给你心领神会的温暖回应。当你流连忘返时，也许你会怪自己为什么曾经对它视而不见呢！

家门口的风景其实无处不有。有时走在喧闹的街市，心却很静，会在川流的人群里无意中读各种各样的表情和面庞。惊叹那些走了多少遍的街道，还有未曾发现的小店；那个上班时经过的街道拐角的蛋糕店门口诱人的各色蛋糕，还有穿着蛋糕制服的姑娘忙碌着的身影，都是赏心悦目的；再拐弯，专卖自行车的那排店铺，似乎永远记不得那些忙活着人的脸孔，却知道他们都是似曾熟悉的人……

如果捧起书本是阅读，我以为，这样是人世的另一种阅读。行走的阅读不是文字构建的世界，而是你的眼睛带给你的一页页最真实最生动鲜活的世界，而最惬意的是这样心归自然看风景的心情。

（原载于《小龙人学习报》2012 年 10 月 29 日八年级读书版）

登上心灵绿岛

现在社会上提倡"全民阅读",但强调或规定得多了,"阅读"似乎就成了一种硬性任务。其实,对于喜欢或尝到阅读甜头的人来说,更愿意把它看成是一种个人化的,甚至很私密的一种生活。它像呼吸一样自然而然,和生命、生活浑然一体,是对人精神很艺术的一种放游和蓄养。

走进书里,静心学知识,看故事,读人生,悟生活,精神被书给予的思维之线牵引着,游走体味,观一路风景,是何等放松的事!走出书外,我们又被生活的"大书"拥抱着,可以读天地万物……

阅读的意味可谓多重深厚,阅读的对象可以包罗万象,阅读的方式可以丰富多样……也许每个人都可以有自己对阅读的独特理解。如果要打一个形象的比喻,我愿意把阅读比作是登上心灵绿岛的精神旅游。

悠闲的时候自不必说,在世事的纷繁和喧嚣里,在火热生活的洪流中,大人每天要面对工作上的诸多事务,同学们要面对学业功课,每当这个时候,总希望在紧张节奏的忙碌过后,身心能放松下来。如何放松?大家可能会有不同的喜好和方式。有一种选择是走进阅读。手头有一本自己喜欢的好书,随时随地走进书里,身心就会从生活的忙碌和琐碎中超脱出来,一种和缓轻松的感觉会从心而出,精神会切换到另一个时空里,这时小我的世界便有了安详与宁和。

(原载于《小龙人学习报》2012年9月24日八年级读书版)

相映生辉的世界

　　最近拿起书本，忽在一瞬间意识到，过去我一直在懵懂中读书，却以为自己是那般清醒。因为我坚信书本里有最完美最艺术的人生，书本就是让人留恋、陶醉的整个世界，甚至可以忽略眼下的生活。

　　如今，觉得书本让人领略生活千秋宇宙万物，无论是公认的真理、深刻的哲思，还是令人倾心的艺术，它们依然是如此令人唏嘘叹服，但相对于我们每个人每日不同的生活，书本又是单薄的。就如我们在为一幅画里的玫瑰赞叹时，忽然发现眼前的玫瑰即便残缺，却有更真实更美丽的一面。

　　走进书里，以书为友，会发现书在为生活做注解的同时，给了你发现生活的智慧。而合上书本，会发现，眼下的生活鲜活、饱满、意味无穷，原来书里书外的世界，可以相映生辉。

　　读书，能走进书的意境，又能走出书的意境，那才是读书的妙处啊！

（原载于《小龙人学习报》2010 年 9 月 27 日八年级花样版）

读书来点"缓兵之计"

"读好书，好读书。"这句话大家该是耳熟能详的，但当我们日日埋头书本（这里包括课本），一闲下来，也许会有一种对书本的厌倦感。那如何让自己保持对书本持久的兴趣呢？这里同学们不放来个"缓兵之计"。

这里的"缓兵之计"有三层意思：

一是读书累了要休息。

读书学习讲究张弛有度，劳逸结合，这样才能事半功倍。感觉脑子有点闷、眼睛有点干，学习效果明显不尽如人意，就该适时休息放松。课间打个盹儿，坚持午休，或者放学回家后小睡会儿再起来学习，效果会好很多。

二是厌倦感来了，可以允许自己发发呆。

有时候感觉体力尚可，只是心情厌倦，不想再继续学习读书，那就随便发发呆吧。当然小编还是鼓励你在 45 分钟的课堂里要效率，说的发呆是在课余。

三是不读书时读生活，用善感的心发现感动。

放学路上，车水马龙、人来人往，在熟悉的街景里，也许思绪飞扬，说不定会由此诞生一篇好作文呢；回到家里，帮父母做点家务，感受亲情的氛围，也许这些平凡的点滴会让你对生活有新的发现……

当我们在适当的搁置、沉静后再阅读，也许你会发现书本对我们的吸引一如当初，不再心浮气躁，而能字字入心地去理解品味知识的琼浆了。

（原载于《小龙人学习报》2009 年 4 月 13 日八年级花样年华版）

"亲人"般的温暖

"我愿意看到人们在坐地铁的时候能够手里拿上一本书,因为我一直认为,知识不仅给人力量,还给人安全,给人幸福。"2009 年 2 月 28 日,温家宝总理在中国政府网与网友在线交流时说过这样一句话。

温总理的话朴素中透着睿智和深邃,更透着暖暖的亲切感。他用切身体会传递了书本给人的体验和支持。"力量""安全""幸福",我们常常说要和书本交朋友,而这种情感的体验亦像极生活中亲人给予我们的支持,无论顺境或困厄,这种力量都是充沛而强大的……

一句话,一个温暖而平常的生活画面,温总理让我们回归了对书本最简单最轻松最亲切的触摸,读书的意义于己于家于国是如此重大,而又是如此稀松平常,它应是融入我们生命每一天的事。

温总理曾在一次采访中说生活中他最大的爱好是读书。"知识不仅给人力量,还给人安全,给人幸福。"这也是他的体验,这里没有说教,温总理的话只让我们知道,读书是一个人自己的事,他把读书交还给每个人自己。

阅读对人的成长影响是巨大的,一本好书甚至一句好话往往能改变人的一生。而一个民族的精神境界,在很大程度上取决于全民族的阅读水平。让我们用心走进阅读,感受亲人般的温暖。

(原载于《小龙人学习报》2009 年 4 月 27 日八年级花样年华版)

敬重被冷落的"智者"

在街头穿行，偶遇旧书摊，我一定驻足。循着一字摆开或放在纸箱里的旧书看过去，探宝似的，若遇到自己心动的书本，对着卖旧书的小贩一番讨价还价后，等书归己所有，就像淘了一件漂亮实惠的衣服一样，觉得很赚，很有满足感。

其实仔细想来，旧书是在主人家遭了冷遇才到如今这旧书摊的，几经周转，从主人到旧书商贩，其间或许也经过了几道手，收破烂的，甚至到废品收购站都说不定。这里头这些书的命运也是凄风苦雨。大概只有很少的书才有重见天日二次择主的机会——一本书的命运到此似乎也只能由人摆布了。当然，一般人见了旧书脏兮兮灰尘扑面的样子估计就敬而远之了，更何况有讲究的人，总觉得也许这纸张保不准发霉滋生病菌，其卫生状况简直为讲究的人所不齿。

我还算得上讲究一点的人，但面对旧书，这些讲究就无原则地退让了。这里头除了为节省金钱外，还有诸多复杂的情愫在里头。

面对旧书商贩讨价还价，算我面对金钱未能免俗吧。不搞书籍收藏，更无从靠这个去"捡漏"，只是按自己的喜好淘得自己需要的旧书。但知道，在它发黄的纸张背后，也并不意味着它承载的知识本身受到了什么损伤。只是每次回家，要用蘸了水的纸巾一遍一遍地为书的封皮和书脊、书侧面拭去灰尘，看着它焕然一新立在书架上或搁置在案头，心里就多了一份满足感——就此可以享受精神大餐了。

每次，在旧书的扉页上，要留下购书的地点和心情时，还会仔细探究一下原书主人在书上留下的评点笔迹,这似乎和发黄的纸张一样,在无声地诉说着岁月的痕迹,展露着原书主人的情趣、心迹和故事。

从某种意义上来说,这书又是时间的记录者,其间,它又见证过多少不为现在的我所知的故事呢?我买过的有些书,版本很老,有些甚至比我六七十岁父母的年龄都大,忽然觉得这书就是一个个有生命的老者,书页里的文字立体地幻化成作者智慧的灵魂,是那样厚重……

是啊,若不是喜欢书,大不了眼前只是废纸一堆。但因为这样的一些关于旧书的遐思,却感觉到文字赋予了这些旧纸张以不老的生命,所以珍惜经典的旧书,就像同时以一种方式敬重被冷落的"智者"。

(原载于《宁报之声》2007 年 6 月 10 日)

读书笔记，不为做而做

尽管很多名家谈读书时都提到"不动笔不读书"的经验和方法，但在自己的读书习惯里，以前还没有体会到做笔记的妙处，也不重视做读书笔记。

现在做读书笔记有几个月了，究竟有怎样的体会，我想分期和同学们交流。

首先，做读书笔记不是为了做而做，而是为了更好地理解、记忆、融会贯通，为最终学而能用、会用的目的所做。

这个道理虽然简单，但我发现平时做读书笔记，不做则已，就是做了，也很容易流于为做而做的形式。那就是读书缺乏计划性系统性，往往只是简单地东抄西摘。有时摘抄时没能用心体会意思，只过手不过心，摘抄成了机械重复，浪费时间。也因为只是这样无计划地偶然摘抄，等一日翻开读书笔记，文字零散杂乱，事实上连自己都觉得价值不高，回头也不会翻看，读书笔记就这样被简单化、粗糙化、形式化了。更多是变成了一种读书时心血来潮的涂鸦，这样，连摘抄都没做好，读完一本书，写读书心得大概就更是妄谈了。

对照自身，我在做读书笔记方面找到了如上弊病，同学们不妨和我一起来对照，然后再来找有效的方法。

（原载于《小龙人学习报》2009 年 10 月 12 日八年级读书版）

向"真读"靠近

有言道："好书不厌百回读"，只有好书、经典才有内涵让人含英咀华，百读不厌，才值得做笔记，才有做头。

书海茫茫，书市纷繁，在好书里挑与自己"投缘"的书，不妨把它列为眼下的必读书目。实在不好挑，就从语文课本里推荐的名著"下手"，我们把它放在一个学期里，一个学年里，一点一点地啃，也未尝不可。

自己要读的书列出来了，那如何做读书笔记？我的体会是：

远观。

先看目录、序、跋、版本、出版说明等。这可以总览整本书，认识它的章节安排、思想脉络，这对理解全书很有意义，也可以发现阅读的重点，并据此把这种思考写在笔记上，来一个个性化的阅读导图。

就如同学们上课听讲要做笔记一样，是为了更好地学习、理解老师的讲解，并能融会贯通；一节课的笔记是当课的知识脉络，也是我们回头复习、巩固的线索。这样做课堂笔记，虽是循着老师的思路留下的思维痕迹，但也注入了我们自己积极的思考，这样的笔记对我们有用。

近看。

有了对一本书梗概的了解，循序渐进走进书里，等于近处观景。自己发现的阅读风景更要近看，近看就要走进书的具体章节里、字句里，在小小文字营造的细节里逗留、找乐子，可以做摘抄，也可以写读书心得。

写读书笔记最简单的方法就是动笔摘抄精华句段、思想。但摘抄后，还要拿来重读咀嚼领会，否则抄是抄了但却从来不看，这样笔记的意义就有所消减。但如果万一我们没机会再回头看过，在那读书一刻留下学习的快乐也是好的。

回想。

读完一本书后，要做回想。回想书的内容，让自己有意趣发现从书中究竟得到了什么，进行整理，更高者，还可以批判地看书的内容，提出自己的见解，写下来，这就是层次较高的读书笔记了。以上的读书过程不只是完成这样三个阶段就可，要反复读，读出新意，写下心得。

近看和回想可以反复进行。书中思想自己认可的，要不断领会融汇于心，在学习生活中运用，直到变成自己的能力、习惯和品性。

以上是小编对做读书笔记的一点体会，同学们读得多了，也会有自己认为合适的方法，不必拘泥。

哲学家赫尔曼·黑塞说："有的人一生中只读过十来本书，却仍然不失为真正的读书人。"我们宁夏知名作家郭文斌说："我不主张人们比赛读书的本数记录，倒是倡议人们比赛读善书的次数记录。在我看来，真正会读书的人，真正理解了读书奥义的人，他会把一本善书读一千遍，而绝不会把那些只配读一遍的书读一千本；他们家的书柜会越来越小，而不是越来越大。"

说总比做来得容易。这里，小编和同学们一起共勉，向真正的阅读靠近。

（原载于《小龙人学习报》2009 年 10 月 26 日八年级读书版）

"心手相连"有妙处

读自己列的好书要做笔记，在读的过程中，精华思想、精彩句段、哲思妙语的摘抄不可少。可这个摘抄不是简单地摘抄到本上就行，而要在笔动的同时，一字一句用心品味，所谓"心手相连"，才能达到良好的学习效果。

这里强调的"心手相连"，我的体会是，有了用心，握笔写字时通过手的劳作，指尖仿佛和心连在了一起，你的所读所思所品，在心手之间迂回往返，仿佛铺设了一条知识和智慧输送的道路。虽然这个"品读"在大脑里产生到在心手之间的迂回也只是瞬息的事，但我们捕捉了这样的感觉和思想，这本身就是理解、记忆、消化、反思的一个过程，甚至是创造的一个过程，我们调动、加入了自己思维的因子，而不仅仅只是把所摘抄文字通过笔照猫画虎，简单地还原在了另一张纸上。

这样"心手俱到"的摘抄不但借鉴学习了书中的思想，还融入了对所摘抄文字、思想的生命体验，字迹本身就带着书写当下自己生命的气息，这样的摘抄弥足珍贵，把摘抄本保存下来，可以反复赏读。这个赏读，含英咀华，又是一种学习和记忆，还可以结合生活实际举一反三，最终会成长为一种"思想的肌肉"，内化为一种能力。

同学们可以慢慢做来，也会得出自己的体会。

（原载于《小龙人学习报》2009 年 11 月 9 日读书时光版）

静心常伴读书人

以前躺在床上阅读是一种纯粹的休闲，现在坐在书桌前阅读的感觉依然放松，但有了一种学习的感觉，同时觉得，坐着读书融入了对书籍、对阅读的一种认真甚至虔诚的态度。

每天，为学习、工作奔忙在路上，周遭常常是喧嚣的。但当坐下来读书学习的时候，就要试着摈弃杂念，让自己回归到自我的内心。这样会体会到一种平和、淡然的幸福，而在这样的平和中，静心兴许就会有。

心静了，心沉下来了，读书学习起来就会专心，这样一点点领会知识的琼浆，一层层辨思逻辑，一丝丝晓明道理，一笔一画写下心得笔记，浑然忘我，会是一件很享受的事。

一颗静心，不仅适用于阅读，做笔记，也适用于任何一门功课的学习，适用于我们干任何一件事情。你的体会呢？

有言道："静窗常伴读书人"，而我说"静心常伴读书人"。"静窗"不能时时有，而一颗静心只要我们愿意，就可以随时调地拥有。

让静心成为学习时的自觉习惯。这样，就会渐渐领会、明白学习的幸福，怪不得古人说"坐下读书方知福"，你是否也体会到了这句话中的含义呢？

（原载于《小龙人学习报》2009 年 11 月 23 日八年级读书版）

阅读，让我们发现成长的美丽和诗意

（有关读书的讲义）

尊敬的老师、亲爱的同学们：

大家好！

今天非常高兴，能有机会和同学们一起分享"读书与成长"这样一个有意义的话题，我要和大家分享的题目是——《读书，让我们发现成长的美丽和诗意》。

[现场互动]

我所知道的读书名言和我的读书名言。

我和大家分享的读书名言：

读书格言分享

书籍是思想的玩具。——劳伦斯

理想的书籍是智慧的钥匙。——列夫·托尔斯泰

生活里没有书籍就好像世界没有阳光；智慧里没有书籍就好像鸟儿没有翅膀。——莎士比亚

书籍使人们成为宇宙的主人。——巴甫连柯

书籍——举世之宝。——梭罗

一个爱书的人他必定不至于缺少一个忠实的朋友，一个良好的老师，一个可爱的伴侣，一个温情的安慰者。——巴罗

一本书像一艘船带领我们从狭隘的地方，驶向生活无限广

阔的海洋。——凯勒

　　喜欢读书就等于把生活中寂寞的辰光，换成巨大享受的时刻。——孟德斯鸠

　　请大家说一句你知道的关于书籍或读书的名人名言，也欢迎就书籍和读书的思考和感受总结出自己的一句话。

［为什么要阅读？］

　　现在上至国家提倡大家要读书，建设学习型社会；下到基层的每个单位、学校都在提倡建设学习型单位、建设书香校园；媒体都倡导大家爱上阅读，像我们的报纸也在倡导大家做书香少年。为什么要这么重视阅读（这里专指课外阅读）？我给大家总结了这么几个原因：

　　一是阅读使人高贵。

　　阅读使人更像人。相对于世界上的其他动物来说，人类有一个极大的优势就是，人类有思想，有灵魂。我国著名作家周国平说，"人的高贵在于灵魂"。这篇同名课文同学们在初二可以学到或已经学过，作家在文章中引用了法国思想家帕斯卡尔的一句名言："人是一支有思想的芦苇。"意思是说，"人的生命像芦苇一样脆弱，宇宙间任何东西都能置人于死地。可是，即使如此，人依然比宇宙间任何东西高贵得多，因为人有一颗能思想的灵魂。""作为肉身的人，人并无高低贵贱之分。惟有作为有灵魂的人，由于内心世界的巨大差异，人才分出了高贵和平庸，乃至高贵和卑鄙。"

　　名言启示

　　　书籍是人类思想的宝库。——乌申斯基

　　　每一本书是一个小阶梯，我每爬上一级，就更脱离兽行而接近人类，更接近美好生活的观念。——高尔基

二是阅读丰富人生。

人类需要精神生活，阅读构建人的精神生活，让人活得有意思。

我们看到一般动物吃饱喝足，便无欲无求。如果换做人，把吃饱喝足便无欲无求作为理想，有人将其称之为猪猡的理想。所以人类除了满足衣

◎读书时光

食住行这些物质生活之外,还需要精神生活,否则人就变成了行尸走肉。而阅读正好可以构建人的精神生活。

对于阅读,有这样一个很形象的比喻:阅读是由平面生活走向立体生活的最方便的秘密通道。它们构建了人类的第二生活。"平面的生活"就是我们每天衣食住行的具体生活,是受具体的时空限制的,是偏于肉体的、物质的;而"立体的生活"则是精神的、心灵的生活,是超越时空的。特别是中学生,就其"平面生活"而言,每天基本是两点一线,显然是狭窄有限的,但可以通过"书籍"这个"秘密通道",打破时空的限制,"穿梭古今,漫游于人类所创造的精神空间",这不仅极大地拓展了同学们的精神生活,而且也极大地提高了同学们精神生活的质量。

一个没有养成读书习惯的人,以时间和空间而言,受他眼前的世界所禁锢,他的生活是机械的、刻板的、单调的、枯燥的,他只看见他周围所发生的事情,他在自己这个"身体监狱"里是逃不出去的。可是当他拿起一本书的时候,他立刻走进一个不同的世界。阅读一本好书,就是和许多高尚的人谈话;是心灵的旅游和飞翔,是精神世界的串门儿,读书使我们在别人的思想和故事里,体验了更多的人生。

阅读就这样在潜移默化中丰富着人的精神和情感世界,构建人的精神生活,所以有人说,"一个人的阅读史,就是其精神发育史。"不仅如此,一个国家和民族的阅读,决定着这个民族的高度。

三是阅读让人优美。

当一个人捧起一本书的时候,怎么看都是美的,也可以有很多耐人寻味的情趣和意味产生。形象点说,阅读,是对生命的美容和化装。书香能把我们浸染熏陶得情趣高雅、心灵丰富;阅读能够荡涤心灵上的浮躁和尘埃污秽,给整个身心过滤出一股沁人心脾的清新之气,可以养出一种超凡脱俗的娴静气质,如此种种,可以说阅读让我们成为优美的人。人人都爱美,当然更希望自己也是美的,读书可以让你从内而外散发出一种生命的、知性的美,这是很高层次的美,比你穿一件好衣服、抹高级化妆品来得层次高。

郭敬明曾在一个书会上说，"我很喜欢阅读，阅读让我一直很快乐。一个从小读书的人，一个一直读书的人，他的气质会非常优雅。"我国清朝的大儒官曾国藩曾对儿子说过类似的话，读书"可以变化气质""可以变换骨相"，有话说"腹有诗书气自华"。

我的一个作家朋友说，他发现书使人越读越善。所以说，人类优秀的精神食粮——书给我们的生命以温润和滋养的同时，也给人养出浩然正气，给生命以美丽和灵性。

四是阅读给人智慧。

书籍给人智慧。阅读让人理解生活，超越烦忧和苦痛，去更好地迎接成长、学习和生活。

有首老歌这样唱，"生活是一团麻，那也是麻绳拧成的花啊；生活是一根线，也有那解不开的小疙瘩"。歌曲很形象地说出了生活在拥有无限色彩的同时，也有矛盾和烦恼的叠加。对于我们每个人来说，面对生活，我们体验快乐，但也会有这样那样的困扰和烦恼。尤其对于我们同学们来说，其实也有很多成长的烦恼。对于这点，我是过来人，虽然时代不同了，但青春和成长是一样的，我也有发言权。

首先说说我的成长故事——缺乏好书的引导。

在我目前的人生阅历中，我感觉中学阶段非常重要，可以说养成了我至今看来好多重要的品质，如认真、刻苦、韧性、坚持。但那时候我也非常痛苦。一方面，要好好学习，要考学，这是为自己，也是为家人，大到一个国家来说，你好好读书，就是做有用的人，也是为国家。对于这点来说，我很自觉，可以说学习的愿望非常强烈，铆着劲儿要学好，很上进；我六年的中学，中午没午休过，这样也许用脑不卫生、不科学，没有劳逸结合，但真是如此。另一方面，在平时学习的时候，当时觉得有很多不能排除的杂念困扰我，使我无法全身心投入学习，学习效率不高。比如我有段时间非常困惑的是，人究竟是怎么回事，为什么要天天这样周而复始地活着？难道只有这样的活法？世界上还有没有另一种有意义的活法？如此等等，这样一些暂且称之为对生命和生活的追问吧。那时候我越是想不明白越要想，脑子里总萦绕着这些令人费解的问题，觉得想不通这样的问题我就没办法全身心投入学习，同时这样的困惑似乎无法也无从向任何人诉说。那时候真觉得活得很挣扎、很纠结、很痛苦，甚至很绝望。这是青春期的一次精神危机，当然也很影响学习。为了说服自己好好安心学习，也是为了抒发苦闷、排除这样的痛苦，我写过这样的两首小诗：

一首《假如我不上学》，大概是我上初一的时候写的。大意是，假如我不上学，我就不能从语文、数学等课本里发现世界的美丽和多彩，所以我要好好学习；另一首是《十六七岁，我是一条小船》，是我上高一的时候写的。大意是，十六七岁，我是一条航行在茫茫大海上的小船，感觉到生活的单调和迷茫；我站在小船的甲板上大喊，无济于事，只有让生活的风浪和苦痛来得更猛烈些。

但那时候的苦痛是能看出来的吗，在父母看来你衣食无忧，只有安心学习一件事呀。

到后来，我成人后看书才知道，大多数人在青春期面对生活的世界、面对成长，都会有很多疑问、困惑和迷茫，再加上学习的压力，就会有很多烦恼、痛苦甚至焦虑产生。比如这样的生命追问便是自我意识的一种觉醒，也是在考学压力下，对学习生活的一种反思和抗争。我现在想，如果当时能有对应的书籍让我阅读，从中可以找寻这些迷惑的答案，也许情况会好很多。

比如说，当时我对生命追问的问题，如果有一些简朴的哲学方面的书可以阅读，就可以释放自己的情绪。比如，对于生命的无意义感，德国哲学家叔本华说："人生本来没有意义，在这个世界上我们觉得产生意义的那些事情，最终对于这宇宙的变化是微不足道的。"也许这句话可以迎合我当时思考的绝望，给我以情感的共鸣和安慰。但是，他又说了，"这个人生并没有意义，但是为没有意义的人生创造出价值，却是人的一种特性，是我们与其他动物不同的地方。也可能是我们称之为灵魂之所在吧"。我想这句话当时如果能看到，也许能拨开一个孩子心灵的迷雾，至少可以给他心灵以安慰，使他有力量去振作。

面对书本，我们不应觉得难为情，我们可以大胆找寻我们需要的一切问题的答案,并跟着书本一起思考。所以说,书本是我们随时可以打扰的朋友,他不会讥笑、指责你,不会背叛你,相反,他会给你忠告和良方,会给你指引和方向,是无言的导师和最忠诚的友人。

其次,我观察同学们的烦恼——可以用阅读来应对和解决。

对于在座的同学们来说,可以说烦恼千差万别,但也有共性的东西,那就是:考试、分数很现实,关系到我们的个人成长和前途命运,我们要背负压力;同时,父母对我们的期望很殷切,我们在努力的同时内心有时候会生出焦虑;同学之间的学习竞争也很厉害(我听说在某些重点中学,一两分之内可以排出很多个并列名次来),成绩考砸了很难受;在人群中我们感觉到孤单,我们想拥有友谊;或者某门功课差,想提高成绩……这些横亘在我们生活中或大或小的实际问题,其实都可以在书本这个朋友那里找答案,他会给你良好的方法,让你找到学习的动力和目标。或者可以这样说,当你困惑迷茫的时候,不妨走进书籍。有人说,爱上阅读的孩子能通过书本进行自我教育,而伟大的教育家苏霍姆林斯基说,"我无限相信书籍的力量。"

成长是一种美丽的疼痛。阅读书本也让人理解生活,增加心灵能量,拥有好心态,超越烦忧和苦痛。好心态使我们更专注、更有效、更有能量去搞好学习,也能很好地去面对成长和做人。

名言启示

读书是在别人思想的帮助下,建立起自己的思想。——鲁巴金

读书使人心明眼亮。——伏尔泰

书籍是最好的朋友。当生活中遇到任何困难的时候,你都可以向它求助,它永远不会背弃你。——都德

书籍是培育我们的良师,无需鞭笞和棍打,不用言语和训斥,不收学费,也不拘形式……对图书倾注的爱,就是对才智的爱。——德伯里

书籍把我们引入最美好的社会,使我们认识各个时代的伟大智者。——史美尔斯

◎ 读书时光

书具有两种功能，一是为人们带来乐趣，二是教导智者如何生活。——菲得洛斯

书籍是作者为我们渡过危险的人生之海而准备的罗盘、望远镜、六分仪和海图。——杰·李·贝内特

图书包含着整个生活。——巴尔扎克

书籍是最有耐心最能忍耐和最令人愉快的伙伴，在任何艰难困苦的时刻它都不会抛弃你。——赫尔岑

一本好书是一个艺术大师宝贵的血液，是超越生命之外的生命，是可以铭记和珍藏的血液。——弥尔顿

五是阅读让同学们前途无量。

有联合国教科文组织的专家曾调查做出这样的结论："爱阅读的孩子前途无量"。爱读书的孩子，不仅仅指读课本，还指读大量的课外书。古今中外的许多圣贤伟人，都是爱书人，自己也常常著书立说。

伟大领袖毛泽东一生癖好阅读。据说，他的中南海故居，简直是书天书地，卧室的书架上，办公桌、饭桌、茶几上，到处都是书，床上除一个人躺卧的位置外，也全都被书占领了。为了读书，毛主席把一切可以利用的时间都用上了。在游泳下水之前活动身体的几分钟里，有时还要看上几句名人的诗词。毛主席外出开会或视察工作，常常带一箱子书。途中列车震荡颠簸，他全然不顾，总是一手拿着放大镜，一手按着书页，阅读不辍。到了外地，同在北京一样，床上等多处都摆放着书，一有空闲就看起来。毛主席晚年虽重病在身，但不废阅读。有一次，毛主席发烧到 39 度多，医生不准他看书。他难过地说，我一辈子爱读书，现在你们不让我看书，叫我躺在这里，整天就是吃饭、睡觉，你们知道我是多么的难受啊！工作人员不得已，只好把书又放在他身边，他这才高兴地笑了。毛主席直到他生命的最后，视力受限，还让身边的护理人员念书给他听。

热爱阅读，不仅仅是学习语文，也是学好其他功课的基础。有些同学偏科，以为语文是慢功夫，见效不快，就可以忽略语文，忽略阅读，觉得学好数理化才实在。这其实是一种很功利的不明智的行为。鲁迅先生说，"爱

看书的青年，大可以看看本分以外的书，即课外书……譬如学理科的，偏看看文学书，学文学的，偏看看科学书，看看别人在那里研究的，究竟是怎么一回事。这样子，对于别人，别事，可以更深的了解。"我国著名的当代数学家吴文俊从小博览群书，在高二的时候就开始读全英文的世界名著，如《基度山伯爵》，这都是大部头的著作；数学家华罗庚，写了很多简洁明了、通俗易懂的科普文章，这不能不提他的国文底子；还有苏步青，虽然是数学家，但从小熟读《左传》《资治通鉴》，立志做历史学家，我们八年级下册就学他的文章《从小爱科学》。所以，语文也是非常重要的工具，学不好，在学业成功、人生发展方面就会有妨碍。

班级里学习好的同学，往往都是爱阅读的孩子。

从小开始的阅读，让他们拥有了深厚的文化功底，这功底又能让他去游刃有余地理解、消化各科知识并能触类旁通地思考、解决问题，进行自我教育。他们的学习成绩一般都很优秀。

例一：我大学的一位老师曾经是宁夏的文科高考状元，他说过这样一个故事，说到了北大，他发现自己班级里的同学（当初几乎都是来自全国各省区的状元）没有一个同学不爱书，他们经常节省下饭票，每周要步行几里路到书店里买书，他们班里的每个人都有这样的习惯。北大教授、作家曹文轩曾说，他有一年给一家出版社编一套北大清华的状元丛书，看了那些状元的一份份阅读书目之后，他不得不佩服他们在十几二十岁这个年纪上，就能开出令他惊叹的高质量的富有见地的书单。

例二：在我们的身边一问，班级里学习好、综合素质高的孩子，大多也都是爱读书的孩子。

我今年5月份在银川十中采访，在八（5）班，我向同学们征集大家爱读的书和读过的书。有个叫曹学伟的同学，相比其他同学看着偏瘦小，但他给我列出了包括《巴黎圣母院》《老人与海》《红与黑》等十几本名著。我当时都有点难以置信，但随后我和他谈书，发现他是真读过，后来还听老师说，他不但爱读书，而且是全年级的学霸。我还约他写过关于读书的文章，他写得都很有思想。有一篇文章，他的题目是《与书交真心的朋友》，这

里,我摘选其中的段落和同学们一起分享:

"书如同快乐时的一把吉他,尽情为我弹奏生活的愉悦;书如同忧伤时的一股微风,轻柔地为我拂去心中的愁云;书如同我成功道路上的一位良师,温情地将我引向阳光地带;书如同失败苦闷时的一盏明灯,默默为我驱赶心中的阴霾。有书籍这样的朋友年复一年、日复一日地陪伴我,我学会了一点一滴地积累,厚积薄发。与书为伴,丰盈人生。"

同学们每天学习的时间很紧张,读书时间很有限,所以我也很好奇他的读书时间从哪里来的。他说他喜欢读,上学时都是挤零星时间读,比如课间、晚上做完作业等,不过假期有整块的时间看书。珍惜时光,勤学多读,知识才能得到积累,思想才能得以开阔,人生也才能有所作为。

插曲:同学们喜欢的明星谈读书。

周杰伦在他《D调的华丽》一书中说,"作词对方文山来说就像吃饭一样,我比较拿手是作曲,当然作词对我而言就比较难了,作词需要文笔好,需要有新的创意,作曲当然也一样,不知道为什么,我比较擅长作曲,可能我书读得不多吧。"

孙燕姿在接受记者采访时说:"唱歌是我很喜欢的,可是除了这个还有其他爱好,我喜欢画画、打网球、看书,这些可以充实我的人生。"

名言启示

书籍是全世界的营养品。书籍是人类智慧的结晶。一个人如果能在人类智慧的海洋里遨游,咀英嚼华,活学活用,他没有理由不成为一个相对优秀的人。——莎士比亚

任何时间皆可读书,不需桌椅器具,不需约定时间地点。——J·艾肯

书籍——当代真正的大学。——卡莱尔

名言中关于读书的冷思考

书籍对于人类原有很重大的意义……但,书籍不仅对那些不会读书的人是毫无用处,就是对那些机械地读完了书还不会

从死的文字中引申活的思想的人也是无用的。——乌申斯基

要掌握书，莫被书掌握；要为生而读，莫为读而生。——布尔沃

书是我的奴隶，一定要服从我的意志。——马克思

我们自动地读书，即嗜好地读书，请教别人是大抵无用，只好先行泛览，然后抉择而入于自己所爱的较专的一门或几门；但专读书也有弊病，所以必须和现实社会接触，使所读的书活起来。——鲁迅：《读书杂谈》

[怎样阅读？]

一是兴趣法。阅读从自己感兴趣的读物开始，从读好书开始，这样读得多了，就能渐渐培养起自己的读书兴趣和品味，逐步有自己的读书选择和个性。

二是读人法。读一个作家的书，也是在读作家本人，读作家眼中的人，读作家眼中的社会和人生。如果觉得古代的书离现在有些远，可以从现当代作家作品开始读起，逐步开拓自己的读书范围。比如有段时间我很喜欢台湾作家林清玄的作品，我在读他的作品的同时，也要了解作家本人的生平背景，这样能更好地阅读、理解作家的作品。读一段时间后，又知道台湾作家余光中很厉害，又会看他的文章，诸如此类，读书的选择方向也会随着时间和阅历的变化而变化。

对于同学们来说，如果觉得大部头读起来没时间，可以关注每年全国的优秀小说、散文、随笔、杂文的合订本，同学们可以买来看。这样可以见到更多人更多风格的作品。

三是一本法。意思就是一段时间，只读一本好书，或有一本书始终是重点读物。好书不厌百回读，重复读，反复读，把它读透、读熟，直至烂熟于心，最后融会进你的血液和灵魂，这就会成为你自己的思想和灵魂的一部分，为你所用。比如语文课程标准推荐的书目，每学期一两本，同学们可以尝试用这样的方法。八年级有《三国演义》，铁中李立新老师说她的班里同

学们在初中三年内一直读这本书。同学们讲三国故事,品三国人物,可以互相探讨,激发读书兴趣。

读书格言分享

每当第一遍读一本好书的时候我仿佛觉得找到了一个朋友;当我再一次读这本书的时候仿佛又和老朋友重逢。——伏尔泰

能够摄取必要营养的人,要比吃得多的人更健康。同样的,真正的学者往往不是读了很多书的人,而是读了有用的书的人。——亚里斯提

读书时我愿在每一个美好思想的面前停留,就像在每一条真理面前停留一样。我必须提供的三条实用准则是:第一决不阅读任何写出来不到一年的书;第二不是名著不读;第三只读你喜欢的书。——爱默生

对于善于读书的人决不滥读是件很重要的事情。——叔本华

仅次于选择益友就是选择好书——考尔德

好的书籍是最贵重的珍宝。——别林斯基

没有别的事情能比阅读古人的名著给我们带来更多的精神上的乐趣,这样的书即使只读半小时也会令人愉快清醒高尚刚强,仿佛清澈的泉水沁人心脾。——叔本华

人的一生漫长而又短暂,在我们如花的青春里,也许我们也很苦闷,但因为有了阅读,我们会发现成长的美丽和诗意;而当有一天我们老了,我们的身体不再成长,但我们的精神和灵魂仍然需要成长,只因为爱上阅读,我们仍然能品味人生的美丽和芬芳!希望同学们做一个读书人,爱书人!

谢谢大家!

四

人生咏叹

在人潮里生动地活着

年少的时候,常常在人潮涌动的街头叹息自我的渺小,竟而生出些许难以言表的无助,也许这就是少年的惆怅之一种罢。

如今成年,在人头攒动的车站,在人来人往的街头,有时候也会生出少年时的感触。但很多时候,在行色匆匆的路人里,却看到活着,看到尘世。有那么一刹那,内心好像有一部微电影在上演……人们在各自的人生轨道上奔忙奋斗,辛劳挣扎,痛或幸福着,体尝人生百味……

脑海的画面到此,内心并无苍凉,倒觉得尘世因此而温暖——因为目光投注到芸芸众生的任一个你我他,无论欢喜悲忧,每个人的内心都是甘苦自知。而一个活着有自我觉察的人,且不说快乐时的轻松自在,消闲时的畅快诗意,即便每一次的痛,也让他如此生动,如此生动地活着。

痛也是一种生活的滋味,它来得总是如此浓烈,似烈酒似浓浓的苦咖啡,让你备尝人生的味道。

宁愿痛苦而生动地活,不愿行尸走肉地麻木。《中国好歌曲》在央视播出时,相貌平平的创作歌手莫西子诗以一首《死也要死在你手里》打动无数听者,他也用同样意思的话诠释了一个草根歌手执着音乐和爱情的心路历程。

天地寰宇间,人不过沧海一粟,人生不过须臾。看到这句话,在我,从前感慨的是人之渺小人生短暂,还是这句话,此刻感慨人之伟大生之永恒。

(原载于《小龙人学习报》2014年5月12日八年级花季雨季版)

当时间穿过生命

　　写这些文字之前,关于"时间"的概念,脑子里似乎是混沌的,是如此的混沌,直到我现在下了点决心想看清时间的真面目。可如此渺小的一个凡人,又怎能领悟这样巨大而富有哲学意义的概念呢?权当整理一点俗人凡心的感悟吧!

　　有名人说过,时间就是生命。但很多时候只觉得它是理所当然的一句名言并未仔细辨明过。上初中时,学过朱自清的《匆匆》,文字很形象地让少年懵懂的心一时明了一些,感到了时间的可贵和流逝的无奈,也正好共鸣了自己对时间混沌却无以言表的感怀。可后来,或者在刚刚读过之后,就又融入了生活常态的洪流。

　　18岁上大学、23岁大学毕业工作、25岁结婚生孩子,到而立之年,在这些人生有纪念意义的节点上,也为时间的流逝感到过惆怅。直到如今,当我站在30岁的门槛上张望人生,才发现,时间正在向生命的纵深处流去,流向心里,积淀在记忆里,会在某个熟悉的街头,被某个熟悉的线索牵引打动,于陌生的人群里忽然浮想联翩,遥想过往,热泪盈眶……

　　那天走了南门一家亲戚,想起几年前就在南门亲戚住屋的背后,租住过那里的小平房。回来已是华灯初上,看南门那边一路有摆摊的、跳舞的、踢毽球的,很是热闹,本想径直离开,可我又禁不住回过头穿过那个小过道,看了看当初租住的小屋。

　　走进那个小区,那片地突兀地空了出来——小屋已夷为平地。那一刻,小屋的原貌、曾经生活过的情景和在那里留下的感情,齐在心海掠过,是那么真切，又是那么虚幻，那一刻有股感伤很浓烈地呛过心头……穿过广场喧嚣的夜市和热闹的人群，路过小吃街，想想这两年我竟游击似的，也在这里住过，又轻轻走到那个小区的门口张望曾住过的那个五楼的窗：灯黑着，似乎屋里没人——也不知现在屋子里住的又是何人呢？一年前，那个寒冬，那一个个孤独的深夜里，那扇小窗流泻过属于我的灯光和午夜收音机的歌声，那个屋子就是我最好的友人，它曾在静默中无声无息地接纳过我的一切欢喜悲忧……也是住在那个小屋的时候，放手了感情，却更珍惜了与小屋的缘，虽然它只是一间冬天里并不温暖的屋子，却在最窘迫的际遇里给了我整个身心的安稳和最后的防线。

门口有个东北饭馆，依然是那个老店主坐在木椅子上摇扇子，几个女服务员正蹲在那里择菜、剥蒜，一如我当初住着的情景。

这只是生活里微小的一个镜头。要叹物是人非似乎是有点过了，因为该在的还在，一如那个还在的小屋；要走的就让走，一如那个小屋如今变成空地，生活的痛苦曾一时让人痛到内心痉挛，但又在看似漫不经心的常态中让人在变故里节哀顺变。

只是故事转换了情节。心深处，更多的是在叹息时间的无情。时间是人生故事里一个很神奇的导演，你随着它走着人生路，也演绎着自己的故事，走过了，演过了，就带着些许沧桑的味道。

平常的日子里，时间也是这样从容不迫地走着。只是愉快时，它是那么轻快地走了；苦痛时，时间就变得缓慢甚至凝固。我自嘲，这样过日子多有质量啊，好像拦挡住了时间的脚步。

若说四十不惑，让人看到了人生的底牌，拥有了对生命基本的知情权的话，三十岁，一个抓着生命在焦虑和反省的季节，我和很多人一样，就在这样的恍惚、挣扎里晃过了日子，然后，接受自己的平庸。

时间流转在生命里，如今它在挂念女儿的闪念里流着，在孩子增岁要上小学的焦虑里走着，在上班熟悉的街道和风景里重复着，在下班后守在小屋的寂静里开溜，在一本书或一部喜欢的电视剧里轻轻滑过，也在无聊和寂寞中被肆意挥霍打发……

我给熟人抱怨我在老,我老了,有点矫情有点真实。

诗人叶芝说,当一个人真正老了的时候,他不再提起老。我依然年轻,那么就让现在闭嘴。

(作于 2005 年)

活出我自己

我就是我,活出我自己。

就像那句被人说过无数次的话,世界上没有两片相同的树叶,我更是这个世界上独一无二的存在。说得再文艺一点,就是:"上帝创造了我,然后就打碎了那个模子。"(卢梭语)我是多么独特珍贵的我!

从这一刻起,无论我以前怎样看待自己,但现在,我就是我,我首先要肯定自己,我要看到自己存在的价值;我就是我,我要自信,我是我自己的导演,我要活出我自己……

我有我的头脑,面对生活,我有我的选择,我有我的主动权。比如学习,它是我自己的事,学习让我了解这个多彩世界,我在学习中体验酸甜苦辣的生活,也学会发现生活的诗意;即便厌学,我也需要了解这个世界,不是吗?于是,我想心甘情愿地去学习。比如心情,我左右不了别人,但我可以试着调整自己;比如那些不必听的话,我可以不在乎,让别人去说,活出我的洒脱。活出我自己,这个世界有许多新奇等待我去体验发掘……活出我自己,我有我的标签,正如新东方俞敏洪的"土气"是他的一个标签,阿里巴巴的马云并不俊朗的面孔也是他的一个标签……

活出我自己,我的身心可以进入一个相对的由我主宰驰骋的自由王国。

活出我自己,做最好的自己。

我的人生,由我做主,由我尽情挥洒。

活出我自己——无论是青春的你，还是任一个人，面对人生的命题，愿这句话都能给自己力量。

（原载于《小龙人学习报》2015 年 3 月 17 日八年级花季版）

笑　脸

人生在世，刻意讨好他人，曲意堆笑，于人于己都是让人难受的。但平常生活中，一张笑脸却是让人愉悦的。

常常在电梯口、楼道里、路上遇到熟人，看到熟人真诚的笑脸，那一刻，你体会到了他人的善意，如沐春风，你也看到那个人充满了生机和魅力，日子也由这明媚的笑提亮了色度。

常常的，我们也会被陌生人的笑脸所感染。我家门口每天卖鸡蛋灌饼的回民男子，脸上总是挂着憨憨的笑，因多次买早餐盯住了我，偶尔见面总会带着笑问候，甚至会故意打趣，"你钱掉了啊！"在人潮中擦肩而过的一瞬也逗得你不由得笑起来。还有门口对面街上修皮鞋的小店老板，四川口音的中年男子，他吃着午饭，一见来了客人，碗一撂下就笑着拿起鞋忙乎起来。修鞋匠是个干粗活的人，手粗粗巴巴粘着土尘，但他的脸却是那样和顺让人舒服……

笑脸是一朵花，能开在他人的心上，更多的时候，笑脸于自己，是一种精气神，是一种活着的态度，是一种通透的人生智慧，甚至是超脱的人生境界。

在生活的旅途上，哪能只有阳光无阴雨？无论如何，时常需提醒自己，我给别人笑脸了么？更多的也要提醒，我给自己笑脸了么？

（原载于《小龙人学习报》2016 年 5 月 16 日八年级花季雨季版）

数数自己的幸福

有人说幸福是一种能力。如果你忙得没注意过自己的幸福，如果你每天感受到太少的幸福，那么从现在起，每天数一下自己的幸福吧。

最近，我走进银川三中八年级(7)班，让同学们数幸福，他们叽叽喳喳地找起了幸福！

每个同学先列举自己的一个幸福。开朗男生许俊先开口了："呵呵，做出别人不会的习题，在黑板上讲给同学们听，特有成就感！这是一种幸福！"可爱女生王梦媛说："和同桌关系很好，我们常常一起说心里话，互相学习优点，感觉很幸福！"快嘴女生宋嘉微的体验是："和哥哥爱吵架，但表面吵，其实在心底是一种爱，这是我的幸福！"屈志情同学说："假期到乡下老家，宁静安详，无忧无虑，心像被净化过一样，很幸福。"……

你们享受学习吗？能否让学习也变得快乐，变得幸福？许俊说："确立自己的目标，一步步向前努力，学习就会是快乐的事！"贾容和王瑞同学的体会是："学习是为自己而学，为自己而努力是件幸福的事！"同学们一致认为的还有，阅读会让人觉得很幸福……

当我们数着幸福的时候，幸福被放大了，也会再一次为幸福而觉得很幸福。

建立自己的幸福记事本吧，每天能静下来的时候记得数数自己的幸福哦！

（原载于《小龙人学习报》2009 年 10 月 5 日八年级花样版）

◎人生咏叹

141

活着不是为了痛苦

　　近日，在淘来的一本旧五角丛书的封底上，看到了该系列丛书当年的专辑预告，其中一本书名叫《活着不是为了痛苦》。书名跳入视线的那一刻，我心里忽有一种惊醒、惊喜和共鸣，总之看到这个书名的时候，忽然觉得人生变得很简单……

　　是的，活着不是为了痛苦。这话像清醒剂，让我们内心变得澄澈、透亮、大彻大悟。但问题是，我们如何避免、化解和超越痛苦？事实上，我们每个人活着，难免遇到坎坷挫折，这会给人带来痛苦，有时候无法回避痛苦，只能面对。但有时候，用当下很时髦的一个词来说，确实是自己太过"纠结"，有些"天下本无事，庸人自扰之"的味道。

　　作为一个成年人，我现在可以坦然而明朗地这样想，但对于同学们，这样的一句话能否化解痛苦？这使我想起杨澜采访当代作家、学者余秋雨时的一番对话。杨澜问余秋雨，现在假如要给一个班的小学生讲语文课会怎么讲？他说，语文不重要，重要的是人生，语文只是你阅读人生和表达人生的一个手段，而最重要的是，从语文学习中领会这样三个词汇在你人生中的真意：第一善良；第二快乐；第三健康。他感悟出来的人生道理，看似很简单，但其中有深邃的内涵和哲理。对于同学们来说，成绩很现实，但我们今天、明天所做的一切更是为了快乐、幸福地活着。

（原载于《小龙人学习报》2010年12月18日八年级花样年华版）

普通人能立大志向吗?

"为中华之崛起而读书。"提到这句话,同学们再熟悉不过了。每次说起这句名言,总情不自禁为伟人胸怀天下的抱负所折服。相信很多同学也曾在作文中作为"志当存高远"的有力论据援引过周恩来的这句话。

但说实话,拿如此鸿鹄之志和自己的学习生活一对照,往往又觉得似乎说得太大了,有些不切实际。可以想象,如果有同学谈志向也说出这句话来,大家肯定觉得不是鹦鹉学舌,就是在不合时宜地空发豪言壮语,不免惹来嗤笑。

记得上学期我曾在一初中班级做过"你为谁读书"的调查,很多同学写道,读书是为了报答父母,为了将来能考上好大学,找到好工作。有同学也提到周恩来同志的立志故事,但他们觉得时代不同了,做好自己的事情,就是爱国了。

有道是:"一屋不扫,何以扫天下?"同学们从最基本的事做起,读书学习,做好一个普通人该做的事,就是好的,这是一种务实的态度和作风。

这我们就有些困惑了,我们到底还要不要树立一个宏大的志向呢?难道大志向就与普通人无缘吗?

其实,我们在谈"为中华之崛起而读书"时,也许还真是"燕雀不知鸿鹄之志",并没有真正理解少年周恩来立志的胸怀。话说"时势造英雄",当然,少年周恩来立大志也与当时的国家时局有关,但"天下兴亡,匹夫有责",这里说的是一个人的民族意识、社会责任感,当时还是普通少年的周恩来该是有这种社会责任感才说出了这句振聋发聩、壮怀激烈的话,这也是一种务实的读书理想。

读书人、知识分子是一个社会的良知，真正的读书人该是这种有社会责任感的人，包括我们中学生。看当今中国，有多少仁人志士在为中华民族的和平崛起而奋斗！周恩来总理那一代人书写了中华民族历史册页的丰功伟绩，而今天，我们每一个人，都是祖国肌体上的鲜活细胞，我们每一个人的所作所为，都关系着国家、民族的发展振兴。

从这种意义上说，一个人的志向就是一个人的前途——普通人也能立大志。

（写在周恩来诞辰 110 年之际）

（原载于《小龙人学习报》2008 年 5 月 5 日花样年华版）

我的中国心

在我上小学三四年级的时候，正值张明敏的一首《我的中国心》唱响祖国大地。我是从长我三岁的哥哥那里听会这首歌的。不过那时候作为一个小孩子的我，学唱这首歌更多是有口无心，未能理解其中深意。

真正被这首歌的情感震撼是我从小县城来到省城银川上大学。那时候，十七八岁，想来是成人了，但离开亲人，离开了熟悉的故土，内心被一种强烈的乡愁所袭击，我感觉自己就是一位背井离乡的游子。那时费翔的《故乡的云》会让我眼睛潮润，而设身处地，这种境遇更让我打开了心门，理解了书中所写身处异国他乡游子对祖国的情感，而再唱《我的中国心》：

145

> 洋装虽然穿在身，我心依然是中国心。我的祖先早已把我的一切，烙上中国印。长江、长城，黄山、黄河，在我心中重千斤；无论何时，无论何地，心中一样亲……

那种强烈的对家乡、对祖国的情感就会让一个人心潮澎湃，泪如泉涌……

当然，走过了一阶段的生活，会发现当初强烈激荡你身心灵魂的感受，无论当初是多么剧烈，最终也会沉静下来，你看到了自己身上的纯真和简单，那也是一种美一种憨一种痴吧，而今天我可以从容地笑对过去但同时更深刻地理解一个人对祖国炽热的情怀。

十一那天，亿万中国人守在电视机前看国庆六十年阅兵式，我也是。我想，关注阅兵式也寄托了我们小小的爱国心，看到胡锦涛同志的一脸沉稳自信，看到人民军队的钢铁威武，看到电视上人们自豪的笑颜，仿佛十三亿中国人的心和祖国紧紧拥在了一起。

回望历史，1840 年以后，祖国在饱受百年屈辱和贫穷的折磨后，如今经济腾飞，国富民强，开始崛起。而西方资本主义国家却隐隐感到了不安，开始在国际上提出"中国威胁论"，但中国人发展的决心和志气是任何事物不可阻挡的……

当然，我们也会想，我们有一颗归属祖国的心，但同时，人类共同居住的地球村落上，不分民族、种族，其实也更是要相互取暖的。

（原载于《小龙人学习报》2009 年 11 月 2 日花样年华版）

爆料童年往事

总是用幻想、诗意、纯真等种种唯美的角度回忆或定义童年的时候，忽然发现有那么多往事，让人忍俊不禁，它与 20 世纪 80 年代的农村有关，更是童年无知无畏或者是人之初最纯粹的性情。

20 世纪 70 年代生人，没有像上辈人一样挨过饿，但住在小乡村里，童年往事就与物质的贫乏有关。

——向往高跟鞋。乡村街道上的国营大商店是十里八乡最繁华的购物场所，相当于现在城市的百货商场。我最羡慕最欣赏的美貌女子就在这里——商店里的售货员小刘。她家住县城，每天骑着崭新的飞鸽牌自行车来商店上班。二十出头的样子，烫发头，衣着艳丽，穿高跟鞋。村里其他人如何看待这个时髦女子那时并无经验洞察，但我知道的是，就连村里的傻子尕蛋都会被乡亲忽悠着要到商店附近唱一曲"天下溜溜的女子，任我溜溜地求哟"，还放言"成了庄稼就要娶小刘"。实在点说，作为一个女孩子，我对于小刘衣着的羡慕也不亚于傻子尕蛋对她人的爱慕程度，尤其是那双高跟鞋。乡亲说小刘的高跟鞋鞋跟简直就是一个"一分钱钢元"大小，庄户人看着那鞋跟又细又高直感叹说："你看那走路的个妙巧，我们穿上肯定绊跤！"小刘的这样的高跟鞋曾经激发过我的绝望，同时也点燃过我有朝一日要穿上这样一双鞋的狂热梦想，那好像是我童年最痴心妄想的臭美梦。

一次，我和妹妹竟然突发奇想，在母亲纳的布鞋后跟处放了几颗相对平滑的石头，然后勉强穿上鞋把自己撑高，一瘸一拐地在院里上下走趔子,俨然真穿上了高跟鞋的样子!

——当售货员的理想。除了小刘激发了我穿上一双高跟鞋的梦想外,我人生的最初理想也由她点燃,就是当一个售货员。当了售货员就可以穿漂亮衣服,售货员走进商店宽大的水泥柜台后站着卖东西的样子绝对神气!拿秤,抓东西,不过这不是绝对的原因!更深一层的是,你看,货柜下堆着的好吃的之多是以麻袋装的!葵花籽、花生、核桃、月饼、水果糖……想着售货员要吃肯定是不定量随便吃,所以理想确立成当个售货员,比如可以放着一麻袋葵花籽自由自在嗑!

——磨面厂里的歌唱。那时候,不像城里到粮油店打粮,在乡村是要拉着麦子去磨面厂磨面粉。我跟着母亲去的任务是装面时撑开口袋。我喜欢唱歌,平日里到处都是人,大声唱显然太难为情。磨面厂同时运转的几台磨面机的声音感觉震耳欲聋,就此判断机器轰鸣声绝对能压过自己的歌声,就此大胆放声歌唱。直到有一次母亲说,"磨子已经够吵的,你别再哼哼吱吱了!"

时光如白驹过隙,时代发展一日千里,当年那个疯狂幻想着穿上高跟鞋的我,在党的民族政策的光辉照耀下,一路读书顺利考上大学,走出了小山村,而立之年的我,如今在城市安居乐业,感恩之余,偶忆有关乡村的童年往事,时光流逝的惆怅一时间被这样赤裸着心事的童年笑翻了。

（作于 2006 年）

"像母亲一样亲切的语文"

当每天狂背英语单词时,当双眉紧锁就为听清那句饶舌的英语时,当学了几年英语发现依然隔膜竟说不出一句地道的英文时(这里并无消减同学们对学习英语情感和兴趣之意,在 21 世纪,多学一门语言将会使我们多一项立足社会的资本和技能),想想汉语,我们的母语,无所不在的母语,不就像我们的母亲一样亲切吗? 我们无时无刻不生活在她身边,就像儿女永远不能忘却母恩,母亲永远围绕着儿女,心向着儿女一样,我们才应该是最心有灵犀的。

写这篇文章起这样一个题目,还源于《小龙人学习报》第一期《向天地万物学语文》中田玉先生的一句话:"语文是母语,像母亲一样亲切的语文。"当时读到这句话,我被深深震撼了。这里他用了一个普通的比喻修辞,但我以为这里面没有修辞,只有一句自然的、纯粹的、真情的、醇美的诗句。把此句引用在题目里,窃以为有点"拾人牙慧"的嫌疑,但并无大碍,让我们再细细咀嚼品味我们与母语的深情。

小时候,在懵懂里识字学话,那时候我们心中的语文就是"语文书",就是字词句段,不知不觉中我们与自己的国度、民族的文明,当然也是人类的文明有了最初的亲近。

现在让我们想想什么是语文呢?从广义上讲,语文可以理解为人类的所有的语言文字。但"语"字前加上对应的国籍,就有了不同的国家、民族所属的语种。中国的语言以汉语言为主,这样汉语自然就成了我们最亲切的母语,就成了融入我们血液和生命的文化基因。

◎人生咏叹

有同学说,中国话每天都说,谁不会讲,还用得着学吗? 其实,学习语文是为了更好地使用它,学习它的过程,就是一个听、说、读、写、思的过程。学习语文本质是为了表达,而表达的本质是我们的思想通过语言的输出和外化。从我们降生起就开始无意识地学习了,上学第一天,语文首先被当作一门非常重要的主课来学。而哪一门学科不是通过语文这个承载工具把知识和智慧呈现出来的呢? 学习母语首先是开始一切学习的基础和基本技能。

我们可能离开了母亲,但我们未曾离开过母语。

语文学习除了课堂,还有整个生活,还有宇宙万物;语文学习融汇着我们人生的阅历和生命的体验,语文学习是美丽的、幸福的、诗意的,它能结晶成人生智慧供我们所用。语文是我们生命里的语文,它与生命水乳交融。让我们的语文学习充满生活与生命的气息,让我们像亲近母亲一样去亲近母语吧!

(原载于《小龙人学习报》2007 年八年级花样年华版)

难忘女孩那声吼

前段时间,单位组织观看了银川一所体校武术队的表演。

也许成年后人的好奇心都变钝了,之前曾想,武术表演也许我可能不会有什么兴趣的。

那是在一个二楼的武术训练室里,我们进去时看见一群穿着武术表演服的孩子,男孩女孩都有,年龄大都在十五六岁,他们手里或抢刀或拿矛,或站或坐好像都在说笑,跟平常的孩子们一样嬉戏玩闹。不一会儿教练大概看人都到齐了,便正式介绍表演开始。只见他们个个训练有素,立刻分组列队,严阵以待的样子,非常有规矩。

配合着武术表演的音乐一响起,首先上来的是武术男单表演。只见这孩子或腾空跃起,或连翻筋斗,或抢棒舞刀,一招一式都像电影里的武打演员表演,耳边听到的是电影上才有的那种风声,这功夫真唬住了我,看得我有些目瞪口呆。这些不说,男孩子表演在力量爆发那一刻,随着身体的大动作要有一声吼,后来看团队表演也是如此。而令我震惊的是,那些看着亭亭玉立的女孩子,一个个出来也是如此,看她们的外貌、身段或相貌都有纤巧的一面,毕竟她们是十几岁的少女,她们该是心里藏有少女特有的娇羞的吧,但听听,她们出场的时候,女孩子的娇羞因为表演状态的需要,或者是武术精神的需要,在那一刻完全释放成了好似男儿的一声吼,我想在学习的最初她们也是很难为的吧,我一时为她们的状态震住了……

也许学习有多种,听课看书的学习是一种静态的学,武术的训练是一种动态的学习。但我想无论学什么干什么都需要有与你所做的事相匹配的状态：就是所谓干啥要像个啥样儿，都需要一种魄力，需要摊下心来学来干。这女孩子的一声吼背后是不怕苦不怕累的一种魄力，更是精气神的饱满，是身心意全部到位才能有的一种状态，只有这样了做出的事才能有模有样、形神兼备，甚或达到做事的一种境界。

（作于 2011 年）

悄悄生长的人生童话

心情明快时,偶尔凝神,心里漾起过感恩的涟漪。它是一种暖暖的安然,让人回味身在尘世的满足和幸福。这么一时,会感慨:在芸芸众生间奔波,拥有一方安身立命,让心、让生命得以盛放的天地,无疑是安然而幸运的。这个天地就是我的格子间,我的办公桌。

准确说,办公室里有几十号这样的格子间,没有完全的封闭,也可以称作办公隔断。办公室讲理性,少装饰,或者说常常给人一种机械的感受。但这里,办公条件似乎都不重要了。重要的是它给人的一种心情,这里我可以再退一步讲,就是拥有一张简单的办公桌,它也并不影响我现在这种享受的心境。在这偌大的办公区域里,几十号人一起工作,各自安坐在自己的格子间里,而我也拥有这样一方天地。

眼下,我的隔断和许多同事的隔断无二,左手有一个文件归置档,每天我要打电话,要从中抽出工作电话簿什么的,它算是一个让我熟视无睹的小伙伴;中间是每天陪伴配合我的亲密伙伴——电脑,我们面对面;还有右手边那些横卧或竖站的书报杂志们,它们默默堆在那里,一点儿也不埋怨我这个有点怠慢它的主人,总是安静地守候着我……

有时在上班的路上,忽然会想,每天这样周而复始地,总走在这条路上,我这是要去哪里?是要去我的格子间,在那个偌大的办公室里,有这样一个小小的隔断在等着我,那里有着我的一隅天地……

夏去秋来,冬去春来,岁岁年年,多少次,我在这里往返,上班路过的那些商铺、蛋糕房的姑娘,那些熟悉的陌生人啊,都成了一种亲切的记忆。

这一刻,我在办公室的洗手间里洗抹布,或倒掉杯里剩余的咖啡茶水,在热水器上接上新鲜的开水,我的这些脚步,连同那些上班的路,于我是那样熟悉,就像儿时家里院落、房屋的每个角落甚至柜子上的抽屉,我踩过多少次,我拉开过多少次,它们就静静地注视过我多少次,它们早已成了我记忆中的一片时光,一个画面,它们悄然藏着我生命的气息。

还有同事感慨,我们穿了好衣服给谁看,不就是自己的同事吗? 我们跟同事天天面对,在一起的时间不比家人少,甚至比家人多。感谢同事给了彼此内心人世的风景。

这个看似古板机械的格子间里,悄悄生长着我人生的童话,哪怕人在中年……

(作于 2013 年)

我有我精彩

在内心深处，我不是一个自负的人；相反，因为工作学习等方面的事情没有处理好，会对自己生出不满、自责甚至自卑。自卑，一般人羞于启齿，但往往，一个人的心如若被自卑牢牢地控制或吞噬着的时候，他的能量很多时候会变弱……

直到有一天，当我在阅读时看到有很多名人也曾经有自卑的时候，我忽然有一种豁然开朗的感觉。名人不都是"人物"吗？他们那么优秀，他们怎么会自卑？他们也会自卑？而放眼身边，人群中那些平凡的人们，他们又生活得那么乐观自在，他们那么乐乐呵呵地做着属于自己的普通的事，做着普通的自己。按说他们那么平凡，他们应该非常自卑，可他们怎么也没自卑呢？——他们有属于小人物的平凡和快乐。很多相貌平平，才能平平的普通人，他们照样活得开心着呢！

可见，很多时候，自卑并不在于我们不优秀，它只是一种自我的意识，也许这种意识和想法是偏颇的投影，它可能给生命带来奋发的巨大力量和弹性，但更多时候，它阻碍人的成长。

当我现在有这样的情绪的时候，我会问自己，我是真的不行吗？我是不是要再分析分析，找找原因，寻寻解决问题的办法？我要找一找我的长处，甚至我要放大自己的长处和亮点……

（作于 2015 年 6 月 15 日）

糖纸往事

一次在网上看到童年的水果糖图片，这熟悉的记忆一下打翻了旧时光，当初的情景一瞬间在脑海中漾开……

在20世纪80年代初，水果糖是孩子们最常见但也是比较难得的零食。起初一毛钱十个水果糖，晶莹剔透琥珀色的水果糖，含在嘴里甜滋滋的，对于当时的孩子们来说，那就是幸福。

那时候水果很少，苹果、梨、杏子，虽然见过，但吃到的机会不多。在西北的小乡村，像如今的香蕉、芒果、菠萝等热带水果，最初都是在水果糖纸上的图画中见到的。每每吃着水果糖，也大概猜测着属于这种水果的味道，想象着这种水果的美好。还有一种认识水果的渠道，比如香蕉在电影情节里见过，香蕉皮一剥开露出了白白的"芯儿"，想着那该是怎样美好的一种味道呢!芒果在一种叫芒果烟的烟盒上见过，想象那该是属于天堂里的美味吧……

直到20世纪90年代以后，生活水平渐渐提高，才得以真切地见到香蕉、菠萝等水果。经糖纸"引荐"，这水果像似曾相识的友人，一见如故，亦彻底满足了童年的好奇和渴望。

还有一种孩子们戏称为"猫屎"的糖，是老北京的一种夹心酥糖，放在嘴里一颗，没几秒钟，就有一种欲望想要把它嚼碎，因为这咀嚼的香甜味道实在太浓郁了，太难以抗拒。

那时候，生活紧困，物质不丰富，但凡有点美好的事物都会引起人的趣味，所以除了吃糖，收集糖纸也是有些小孩子喜欢的事。

我每次吃过的糖纸，都要用手捋展了夹在一本书里，最后被压得平平整整，上面的图画一览无余。那时候会时不时地拿出夹糖纸的本子看一看，情况大概就像收藏者把玩艺术品一样。有时候，几个小伙伴之间还互通有无，进行交换。比如自己有一种糖纸比较多，可以换别人图案不一样的糖纸。

　　那时候最常见的糖纸是外面有一层蜡光的纸质糖纸，这多是水果糖糖纸。最难得的是，一次家中有位叔叔来，送给我们几个孩子的糖竟然是塑料纸加金箔包裹的奶糖！这简直太奢侈了，从糖到糖纸，都是豪华版！记得糖纸的图案是黑白相间的小熊猫吃绿竹子，它毋庸置疑成了我糖纸收集中的"压轴宝贝"，隔段时日就要拿出来炫耀一番。

　　这样的爱好一直到了小学快毕业的一天。这天，记忆中父亲为什么事情很生气，他看到我书页中夹着的厚厚的一叠糖纸，责备我"不好好学习，不务正业"，便给投入到炕洞里烧了……

　　至此，我"金盆洗手"再没有拾起过这样的"爱好"，而中学以后的时光，学习是更紧张了，糖纸往事也被遗忘在了岁月的风里……

人生是一件艺术品

有时工作着是一种惯性的状态。闲下来或者下班的时候，脑子里也会不停地想单位的事情，是的，工作和生活是无法截然分开的，无法机械地做什么严格的划分。但脑子累了需要休息的时候，要能让脑子清静下来，让自己很好地休息才好。

在这样反思工作与生活状态的时候，也常常觉得时间真是太紧迫了。想想自己 32 岁了，离 35 岁这个点似乎很近，这期间的日子多珍贵啊！可自己能规划什么，又能做点什么呢？走过的脚步孰深孰浅？有时也充满了对过往的遗憾叹息，似乎用百分百的用心抓住今天都显得迟了，都挽留不住什么，都做不了什么。

如果用大时空的思维去想，不说人生某一阶段，即便是人的一生，时间又是何其短呢？如此想，这一闪而过的时间概念里，真的也做不了什么，但如果真只是用了这样的思维去处理问题，也是过了，是太过消极了点。活着要有相对的满足和乐观，人生还是要搏击的，哪怕就是这一瞬，也要是辉煌、相对清醒的一瞬。

生命是财富，人生是一件艺术品，需要我们用心去享受和把玩（请谅解，这里并没有亵渎生命神圣和尊严的意思）。

（作于 2007 年 4 月 17 日凌晨）

偶遇杜老师

下午在出单位电梯口时,遇到了大学教我古代汉语的杜桂林老师。

记得上大学时,他经常戴一顶黑色小礼帽,咬一口京腔儿,感觉是个有点儿拧的老头。大学毕业后,也见过几面,但以为他教过的学生多都不认识了,所以就没打招呼。就在之前的上个星期,我还在宁大夜市的旧书摊上遇到了他;今天正好在报社,不隔时日又遇到,算是一种巧合,就很热情地打了招呼。

现在的杜老师显然是一个老头了,头发大概以前就花白了,如今是更显得白,脸上以及能看见的衣领处露出的皮肤上有老年斑,拄拐杖。他在一个文件袋里装一只单薄的信封,手里还提着一个包。他自称老爷子,是一种派头或是一种缘于年龄的称呼,反正老头儿还有点儿当年的那股劲儿。

其实,对老头儿印象最深的是,他的课堂上我感受到过学术自由与学术宽容的氛围。如他每次表达一个观点时总说,"仁者见仁,智者见智,只是一家之言"云云,这番言论让人一下觉得毕竟是大学的课堂了,不像中学有些东西是定性了的,不可能有争鸣,觉得可以有自己的见解和看法是值得被尊重的。另外,先生一次叫我起来朗读古文,我读了,他说我的嗓音很好,适合当播音员,这句话我一直当作表扬记得。

这天,因为我要去学校看女儿,正好和杜老师一路,他还给我留了电话,让我有时间去找他,他可以给我编辑报纸提供点资料。上公交车时,我给他和我一起付了一元钱的车票,可待坐稳了,他却要还我钱。我笑着说,

"老师真客气,做您的学生连一张一元钱的车票都要您还,那不让我下不了台吗?"他说:"这是'繁文缛节','繁文缛节'也有用,借钱还人这是正理,礼多人不怪嘛。"他还给我说他是研究礼仪学的。

他出了两本书,他说哪次给我赠送两本……后来在攀谈中知道,他是北大毕业的,当年上大学似乎不知道他的这个背景,他上北大时的校长还是人口学家马寅初先生呢!

虽然是一位当年也许并不记得我的老师,光阴流逝近十载,遇到昔日的先生,心里几多感慨,感觉如此亲切。

（作于 2007 年 5 月 23 日）

五

岁月足音

喜鹊叫醒心空

　　住在五楼，多次听到喜鹊"喳喳"的叫声，这令我惊讶而喜悦。惊讶是因为，喜鹊在人们的意识里似乎只是属于乡村和自然的，都市这样一个俗华的领地，于这样的鸟类想必是疏远的。再说，现如今连麻雀都少见到，更别论是喜鹊这样的吉祥鸟了。想着，忽然有点怀疑自己的耳朵，但侧耳聆听，确信听到的真的就是喜鹊的叫声。

　　放下手中的活，孩子般好奇地走近窗台，透过窗玻璃循声望去，再仔细搜寻，鸟不在烟囱上，不在楼边空地的树枝上，亦不在对面的楼顶……不知道自己寻找鸟的身影的初衷是什么，似乎是为了看个究竟，但没有看见的事实一点没带来失望和怅然，相反，喜鹊的隐匿在我心中对这样的鸟类增加了分外的美感和神秘。也许它早已掠过天空飞走了，但这一声或几声天籁却在一刹那啄破了都市的浮华，豁然叫亮了心头——对美好的渴望。我想，这是我本能地冲向窗台的一个动机吧。

　　没有抬头看天，但脑海里此刻自然呈现出一片湛蓝的天宇和清丽如雪般自由舒卷的云朵——心仿佛变成天空，此刻是如此宽广而平静。

　　中国文化里，喜鹊又被称为"报喜鸟"，喜鹊鸣叫代表吉祥、喜庆之兆。"喜鹊叫，好事到"，想不到这个传统意义上的文化符号在我日渐麻木的神经里竟是如此敏感、撩人、有趣、美好而令人遐想。我不知道这样是否几近迷信，但也真的愿意给自己这样的暗示。这种暗示让自己是如此喜悦而轻松，仿佛看到了人生一片灿烂和明媚，无需负担、顾虑、忧患什么，生活直洋溢着自由憧憬的洒脱。

无意识中自己的嘴角上扬了。

心头豁然一亮的刹那,也忽然有了一种对比的意味,感觉很长时间以来自己心灵的包袱一直沉重。"为人不自在,自在不为人",说来也并无奇怪。要说,工作、感情、婚姻、家庭,每一档里都有让自己感到羁绊、不自在的东西,且往往会放大痛苦,久而久之,感受痛苦的触觉变得敏锐,而提醒幸福的直觉渐渐麻木了。也往往会自我解脱:凡夫俗子也只能这样在生活的激流里摸爬滚打了,磕碰着点,又有什么,又算什么?

这里要说的是,纵然能如此自我安慰开脱,但这不算真正的轻松,这种自我开脱里有点无奈的意味,而真正的快乐,是发自内心的,是坦然的,是平静的,正如这被喜鹊叫醒后透亮、清澈、简单、惬意的心空。

有位熟悉的友人喜欢佛学,对生活悟得较一般人通透,他为人平和、敏锐而又温厚有加。一次聊天,他说:"当一个人的智慧在增加时,生活里的快乐也就增加了。"当拥有了这样的生存智慧后,纵然人生风雨交加,甚至灾祸横来,他都能拥有一颗达观而自然的心去面对,因为对生命的美丽,有憧憬有体验有品位,错过了就太奢侈,所以要用平常心去享用;对生命的风暴亦早已不惧,只要能活着,就还有机会享受在忍受袭击之后的宁静。若这有点玄妙不可信的话,我还可以列举南非民族英雄曼德拉在狱中种着一畦菜地收获安宁并获得自由的事情,也许读者的你还看过他狱中写过的几近闲适的文字吧……

来自心灵的快乐,说来也是如此简单,有时来得几近简陋、寒碜,易被人忽视,但这样的快乐隐匿在苦痛的背后,往往也有着人生沉甸甸的分量和不凡的品位。一声喜鹊的叫声,让我现在想起了"喜上眉(梅)梢"的词句,还有那幅童年时贴在堂屋墙上"喜鹊登梅"的发黄纸画,那里有无限温馨的写意和诗意的遐想。我独自摇了摇头,又一次会心地笑了。

(原载于《宁夏日报》2006 年 11 月 20 日文艺副刊)

从容的葡萄

　　金秋季节,瓜果飘香,在市场上挑选新鲜甜美的水果是一件令人心情大好的事。这天,精心挑选了一串葡萄。说精心,除了挑选葡萄的颜色、口感外,还包括它的长相。瞧,那一串,由上到下,葡萄密密匝匝地一颗拥着一颗,上大下小,婀娜多姿,简直就是一个能完美"入画"的静物。

　　疏散生长的葡萄颗粒是圆的,而吃这样一串充满艺术感的葡萄,清洗后,一粒粒摘食,会发现在一根主枝上,很多葡萄互相挤压着,又互相撑持着,这些葡萄除了"露脸"的是圆的外,靠葡萄蒂的方位很多被挤压成有棱的方形。有一颗葡萄它正好被挤压在几条葡萄侧枝的底下,摘下它,身上竟有三道深深的印痕,印痕间被挤压鼓起的"肌理"又恰恰在彰显着它的饱满。可以想象,它为了成长,是如何承重而坚持的,这是一颗多坚强的葡萄啊!

　　一粒葡萄的成长都充满了竞争和压力,何况人?在工作、生活中,每个人都要面对压力和竞争,但就像这粒葡萄,它把自己稳稳地定位在那里,默默承受着压力和竞争,但它又毫不示弱,不放弃,积极争取着自我成长的营养和能量,这是怎样一种令人佩赞的生存态度?

　　有人说,人非草木,孰能无情?可大千世界,只有人才配有情?也许在一粒葡萄上阐发幽情会被视为矫情,但师法自然,不禁对这样的一粒葡萄心生敬畏。

（原载于《小龙人学习报》2013 年 10 月八年级花季雨季版）

一缕阳光的渡口

晨起上班前,站在镜子前梳头的时候,一缕晨光透过阳台的玻璃,又穿过玻璃窗打照在身边的书架上。

也许除了阴天,阳光从来都是如此走进卧室的,也许随着季节的流转,它是变换着方向和时辰进屋的。那一刻,当我发现并充满新奇地端详这缕晨曦时,心头不禁掠过一点莫名的惊奇:这束光打到几本书的书脊上,直截了当,带着点霞光撩云见日的豪迈气质,而似乎又是含蓄娇羞的,不是那么无遮无拦的明亮,有一种忽明忽暗的跃动和活泼。

不知怎么,我忽然感觉这缕阳光在这一刻亦是带着生命的热度而微微颤抖的,像浑然纯真的婴孩般惹人爱怜……

这晨光是奔跑了多少个光年的距离来和你见面的啊,这温暖的可爱的晨曦啊,教我如何不爱你,爱这生命……

这一刻,岁月静好,站在一缕阳光的渡口,心像一只船橹摇向生命的远方,记忆又一次翻阅生命的书本。

(原载于《小龙人学习报》2010 年 3 月 15 日八年级读书版)

芳香岁月

每次站在水池旁打香皂洗手的时候，我的心会缓缓走向一份安宁。

开龙头用小水淋湿双手，在手上打一层不薄不腻的香皂，手心里接少许水，双手互相搓抹。搓抹时香皂光滑、绵腻的感觉，给人心一种无来由的顺爽；多搓抹搓抹，香皂的泡沫就像回报你的殷勤一样丰盛异常，双手在洁白的泡沫包裹下仿佛变做了淘气的白鸽在翻飞。隐隐地体会到童年玩洗衣粉泡泡时候的快乐心情——妈妈在洗衣，我们在洗衣盆里玩泡泡，不亦乐乎，是否给大人添了乱是当时永远也不会想到的……

这一刻，我已经成年，在日复一日的岁月里洗手，就像干任何一件需要干的事情，我体会到另一种安然。当温热的水冲走手上的泡沫时，一股温热的舒乐也从手上传递到了心里，香皂的清香，茉莉花香的、栀子花香的、梦幻玫瑰的、海洋气息的，在那一瞬仿佛走进一片花海或沙滩……

这样的香味在干净的手上弥漫开来，芳香了整个岁月。

（原载于《小龙人学习报》2010 年 4 月 5 日八年级花样年华版）

浇花时刻

屋子里养着大大小小十来盆花草,整个都看着浇一遍,看似有着干琐碎家务的麻烦,可当真正做的时候却能体会到不少乐趣。

在盆里浇水时,看着水慢慢渗透盆土,流出盆底,这样的时候,目光、身心慢慢就被花草所吸引:会充满新奇地发现花草发出的新芽,静静地端详花草冒出来的嫩芽新叶。看着娇嫩的新绿,就让人联想到幼小的鸟雀的小黄嘴;这新绿里还蕴藉有一种青春、生命带来的蓬勃向上的力,宛如让人体会到一个有志少年成长的状态,一种自由、奔放、热烈的活力;看见这新绿就是看见一片希望和光明……这心绪在一瞬可以了无痕迹,但心头的欢喜是真真实实的。

有时拿喷壶给花喷水,有些水珠从花叶间滚落了,有些水珠留在叶面上,阳光一照,晶莹剔透,沐浴了的花叶给了眼前一个清新无比的绿色世界……这样的时候,发现自己的心会整个停留在花草上,而因生活忙碌心头生出的疲累、纷乱和喧嚣会慢慢褪去,随之而来的是走向生命深处的安详。

(原载于《小龙人学习报》2010 年 4 月 12 日八年级花样年华版)

读懂凡·高的《向日葵》

坐车,尤其是坐长途火车,这段时光就像被"另存"到人生外的时光,无论你是悠闲还是着急,车总是要到相应的时点到达——索性就惬意地打发这段时光。

这使我想起今年暑假期间《小龙人学习报》组织的"拥抱世博"夏令营的情景来:火车在长长的铁轨上行进着,车窗外是不断变换的绿树、青山、河流,就像连绵不断的风景画。当车窗外是一片金黄的向日葵的时候,很多同学们都发出了美的感叹。同学们也不约而同提起了凡·高的不朽杰作《向日葵》,那一刻,围坐在火车铺下的同学们就像是在举办一个小小的艺术沙龙,在赏析名画、讨论艺术……但很多同学也说画的确是很有名,但似乎看不懂。

以前看到凡·高的《向日葵》,自己也有和同学们一样的困惑,觉得看不懂。但后来,想想许是不断读书的原因,虽然不学画,但面对画也有了阅读文字一样的心情,开始品赏、享受画中的美感和意境。再一次看到《向日葵》,感觉到那黄色的向日葵带着生命的气息,一个个姿态张扬,汪洋恣肆,感觉有一种狂热的生命张力向你涌来,让人充满激情,增加能量……

有人说,文学、书法、绘画、音乐,一切艺术是相通的……让我们从读一篇美文开始慢慢学会去欣赏一幅画,听一首曲子,从而更好地感受生活,享受生活吧!

(原载于《小龙人学习报》2010 年 10 月 18 日八年级花样年华版)

一片窗的风景

很多时候，当走进卧室，我会流连于那一大片玻璃窗前的风景。

窗台上有很宽的暖气罩子，上面放置了些物什。其中有一幅大概是塑胶材质的浮雕画，画里是一望无际成片成片的向日葵地，有隐在一片金黄色向日葵里的农家小院、红顶的房舍，还有几棵静立的树……一切充满了静谧和夏日的田园气息。也好像在现实中遇见过。驻足窗前，会不经意间走进这样的一个意境里，也许这就是画的魅力吧。

窗台上，有一盆养了一年多的文竹，给它牵了线，它攀爬到了房顶，后来长势停了下来，如今又开始抽新枝了，令人欣喜。这里四季都有文竹温润飘逸的一片绿意；有时感觉这植物的生命力也有灵魂似的，它也在随季节用心把握着生命的节奏和周期。

窗前，还吊了一盆常春藤，它从起初盖过盆面的叶子，直长得垂落下来，袅袅婷婷的，妩媚女子似的。最打动人的是，新发的叶子有的嫩到令人心疼，有的油亮油亮的，会感觉到这色泽里呈现了植物最好的生命状态，它正活得旺盛、滋润呢。

窗台上还放了一个小鱼缸，里面养了两条橙色的小彩鲫，看着它们嬉戏的时候，眼前就有了灵动和色彩，还可以发呆。

眼前，还用书立排放着一些书。很久都没有翻动过这些书了，它们更像是摆设。不过如果需要，我可以随时走近它们，书里面还隐着另一片风景和天地……

（原载于《小龙人学习报》2010 年 5 月 24 日八年级花样年华版）

给你讲句俏皮话

近日翻一本杂志，书页角落上有这样一句俏皮话："痛苦本来是清醒的人才能拥有的享受。"按惯性思维，唯恐避之不及的"痛苦"，其实换种角度想，也可以让自己莞尔一笑！

生活中，能换种角度思考问题需要智慧，更需要良好的心态，而积极、健康的良好心态我们可以不断锻炼、培养获得。同学们面对学习，有竞争压力，但换一种积极的心态，变压力为动力，学习起来就会轻松些，或者说不定你还会享受学习。

良好的心态不仅面对学习需要，我们的一生都需要，心态在很大程度上影响着我们生命的质量。拥有了良好的心态，我们也就有了幽默、俏皮的能量，有了从容应付生活、享受生活的能力。

钱钟书说，幽默就好似"替沉闷的人生透一口气"，就让我们抽空不时像鱼一样冒个泡泡吧！

（原载于《小龙人学习报》2011年3月7日八年级花样年华版）

一　天

　　在我还是孩子的时候,很多次面对日复一日的生活,曾感到了莫大的不解,觉得为什么要如此周而复始地活着,心情背后还有巨大的沮丧。

　　后来通过看书明白,晨昏交替,四季轮回,日月星辰的起落……大自然的运行也是日复一日,看似在单调地重复,其实内在自有其规律和秩序。如果天地运行无常了,世界甚至宇宙不就乱套了吗,这后果简直不可想象。

　　"天行健,君子以自强不息。地势坤,君子以厚德载物。"古书《周易》里的这句话很深邃,也表达了这样的哲理,并启示人类师法自然:天(即自然)的运动刚强劲健,相应的,君子处世,也应像天一样,自我力求进步,刚毅卓坚,发愤图强,永不停息;大地的气势厚实和顺,君子应增厚美德,容载万物。

　　从此,我开始倾心于规律带给人的秩序、安全和有效了,把"坚持"看作一种很好的品性在生活中力行。

　　天亮了,睁开眼,一天就赐予了你,周而复始的生活自有其深意,把每一天看作生命丰盛的馈赠也不算矫情吧。

　　　　（原载于《小龙人学习报》2011 年 5 月 30 日八年级花样年华版）

叶子的悠闲

　　很多次，在坐上车或行走的时候，无意中会注意到街旁路边的树木，准确地说是树木随风摇摆的枝叶。

　　无风的时候，树枝几乎是静默的，树叶也是静默的，这静默里有一种世态祥和的安然。微风吹拂的时候，会看到枝叶在轻柔地摆动，不紧不慢，随意散淡，叶子也随风翕合，在唱着最轻的和声……有风的时候，大多阳光也有些许的刺眼，而越是在日光强烈、炎热的时候，在白云、蓝天的映衬下，枝叶的摇摆也就越是显得悠然自得……这时，枝叶在天际，也在人间，它俯瞰着涌动的车辆人流，在喧嚣、嘈杂的尘世，刚好昭示或提醒了一种万物悠然的状态，树仿佛是立于天地间一位无语无欲无求的智者，在静观人世……

　　也许是现代人的脚步太匆忙了，我们是如此的渴望悠闲。

　　稍有空隙，就想让心自由地沉静一会儿，而叶子正好提醒了这种悠闲。看叶子的悠闲，一如看天上的云，慢慢地走着，或轻柔地卷舒，这种感觉，就像叶子里生伸出了神性的自然之手，给了人心一种抚摩和安慰。

（原载于《小龙人学习报》2011 年 6 月 27 日八年级花样年华版）

我的笔心情

近日收拾笔筒，发现自己有一支不错的钢笔。钢笔已经很久没用了，墨水早已干涸，心头掠过一点遗憾——现在我们有了电脑，这里且不说无纸化办公，很少让钢笔派上用场，就是用笔，也是水性笔，一元钱一支，还可以常换芯，用着倒确实便捷实惠。可要和钢笔的正装大气一比，感觉还是少了那么一份写字落笔时的端庄和儒雅之气……

记忆中，在 20 世纪 80 年代，我上小学的时候，那时钢笔是"奢侈品"。小学三年级以上同学想用钢笔，往往只能是买稍微廉价的"水笔"，印象中"水笔"笔头是完全暴露的，而钢笔笔头隐藏，只能看见笔尖。钢笔一来价格贵，二来潜意识里认为不上高年级，没有一定的学识，用钢笔还欠着点资格。记忆中，自己的"水笔"还是哥哥用过的，直到上了高中才真正拥有了一支自己的钢笔。

无论当学生还是现在工作，一直很眷恋用钢笔写字的感觉。一个人拿起一支笔，眼前摊开一方洁白，就是一条通往精神之路、与高贵灵魂接洽的画面，而钢笔在这里和心手相连，是一个高贵的使者……跃跃欲试，给手中的笔喝饱了墨水，没心情自己写文字，就任笔在温馨的线格纸上留下一串串摘抄的文字，也留下一段安逸、美丽的心情。

亲爱的同学们，每天的作业很多，陪你做功课的笔也是自己的伙伴，你又有怎样的"笔心情"呢？

（原载于《小龙人学习报》2009 年 6 月 22 日八年级读书版）

◎岁月足音

173

咖啡色随想

咖啡色的确是天然咖啡豆的颜色了。

咖啡色给人总体的印象是素，显得沉静、雅致。它不像黑色那么浓重，甚至让人压抑，它的骨子里似乎带着那么点让人喜悦的红。

若说咖啡代表一种生活品质和情调的话，咖啡色也能呈现一种上档次的品质感；它与紫檀木的成色一脉相承——也许这只是一种个人的眼光和体验，但由此看咖啡色，会联想到木质带来的一种温和与安然气息；它还有一种恰如其分的低调，低调却又不失奢华，甚至有一种高贵的气质……

穿衣择色，女人有时纯粹意气用事，只因为"我喜欢"。多时，有经验的女子为了更好地衬托自己内外兼修的形象和气质，还要考虑肤色、职业、场合等。

从单纯的色彩意义上讲，颜色并无高下之分，每一种色彩都能成就大千世界一种独特的诗意和灵动。人类千百年来的风俗和文化也赋予了不同的颜色不同的象征意义，如在中国，黑白色在丧葬时营造的肃穆、厚重、苍凉；红色在婚嫁之时奔放的喜庆、热烈、明快……

色彩就此也有了它的生命和宿命。

愿每个女子在自己偏嗜的颜色里找到最美的自己，愿每一种色彩都得到最美的表达与诠释。

生活是最厚实的书

以前,放下手里的书本,就感觉远离了诗意,远离了最完美的动人的生活,同时感觉到本来面目的生活枯燥十足,甚至可恶。

现在,从容地打开一本书,当心灵的河流随文字静静地流淌,发现,书里除了风花雪月的诗句,还有百味杂陈的人生,有穷尽一生也领悟不完的道理……

如此,心和眼在文字里浸淫久了,会累。又合上书本,走出书的世界,在眼前的生活里寻找心灵的留白。

在那一刻的空白里,会发现,生活原来是一本世界上最大最厚实的书。

(原载于《小龙人学习报》2012 年 3 月 26 日八年级读书版)

醒着的梦或玄思

　　工作之余,忙里偷闲在 MP3 上听着超女周笔畅的新歌《谁动了我的琴弦》,前面的过门音乐忽然间令我走入一种幻觉。这点过门有二胡和钢琴的乐声,有些忧伤古典的调子,这是怎样的意境呢?忽然觉得不知道自己身在何处,对生命、生活有了一种柔柔的、忧伤似水的感动。也许这样的感动来自于音乐艺术,宁愿相信是它让我恢复了童年的记忆和感觉。

　　有时一个偶然的线索,能把人带进一种过往的情景或纯粹的幻觉里。确信这跟怀旧有别。

　　想来,儿时纯净的心里多有过这样的幻觉。成长让人不断丢弃生命原初给予的灵性、幻想,变得现实入世,很少会童话般走进自己醒着的梦里。也许,偶尔在一次灵魂的游移里,会邂逅这样的梦幻或者被这样的幻觉打醒。

　　那久远的童年,发呆的幻想,被时间淘洗的往事……童年的那片河滩上,清澈河水里游动的小狗鱼儿;好奇小青蛙的父母去了哪里或在水里如何安家,它的家里有没有像我家一样的大衣柜;那个七岁时珍爱的手绢掉进河水,眼看着却无法再拿到它直跟着河水跑了几里路的惆怅绝望;那个夏日里阳光发白的午后,上院场里一个人影都没有只留着巨大麦垛的寂寞,感觉世界上只剩下我一人——一个孤单的小孩;哦,还有小学五年级很多次星期六放学的中午,走在学校院墙边的小路上,忽然发现校园像梦境般美丽,贴在老师宿舍玻璃窗上的蜡纸都似贺年卡上朦胧的图景,忧伤而迷离;还有夜幕降临后和伙伴们捉迷藏,发现暗影四合的家院周围淡淡笼上了云雾的幻景;成长的季节,夏日放学的午后,年少的我背靠一棵树看云看天，对宇宙、人间、尘世陌生而熟悉的自我封闭的解读或疑惑……

所有的心情并没落在某个实物上，只飘逸在清风里，云朵间，或静默在空气中。这里，音乐成了带着我灵魂游移的引子。

这个夏日，一天洗完衣服，晾晒在阳台上的衣单，被风吹着轻轻晃动，床单的粉色透过窗玻璃映照着整个屋子，让屋里有了一种朦胧的浪漫的色调。我躺在床上看着电视，一转头，桌上的镜子里反射着一屋子的粉色，忽然，脑子里感觉转了向，时空的感觉糊涂了，似乎忘了自己在什么地方，而身边只有安谧的尘世，悠悠的往事，倏然忆起了小时候一年深秋时节邻居家养过的那一小院怒放的红芍药花，清晰如画又虚幻如烟。

这里，那面镜子成了我灵魂游移的引子。

周末时，有时会和朋友们驱车到贺兰山下玩。车稳稳地走在柏油路上，摇下车窗玻璃，对流的风让人感到凉爽。车窗外路两旁，笔直高大的白杨树一排排挺立着，初秋午后的斜阳带着淡淡的红色，正打照着一旁的树木。且不说两旁的树木和灌草的郁郁葱葱，单单这一刻绿叶们的景致就让人心有点突然地被攫住要去想点什么。树叶在阳光下竟一片片泛着光亮，它们在风里一片片朝着一个方向微微摇曳着，仿佛能看见它们"哗啦"作响对天私语……

这一刻，时间古旧得发黄，凝固，仿佛你曾经在梦里或者在被遗忘的某个时辰走进过这片熟悉而陌生的地方，贺兰山绵延在广袤的戈壁里，似天然蜿蜒的雕塑。它的雄浑，它的险峻、静默，让人模糊遗忘时间……

这样的情景，就像自己醒着恍惚中走进了梦里。夜梦难解，而醒着感觉在做梦——有时活着是一个奇妙的梦。

◎ 岁月足音

177

（原载于《宁夏日报》2007 年 4 月 2 日副刊）

书写的意义

曾经想，书写是为了什么？

书写是因为有时候想对生活的感悟一吐为快吧。还有，在茫茫人海中，在世事繁忙中，也许你正好无意中把视线停留在了我写的文字上——这也是一种缘分。那文字是我的心情，如你正好也有同感，于是，我们惺惺相惜，因为我们都是这样的人，我们有一种找到同类的感动。

也许我的心情你没有，但你的心也能被文字牵引着体会你不曾有过的一种情感和思想，那时候，我们一同去思考这个世界，思考我们的生活……那一刻，彼此结为精神的伙伴，心不会孤寂。

千说万讲，发现书写的最大动机是，为了在苍茫的世上，在精神世界里和你恰好相遇！

（原载于《小龙人学习报》2012 年 6 月 25 日八年级读书版）

工作间里的小感悟

这是一个普通的工作日,翻阅着手头认为很不错的时文杂志,几遍筛选后,也没找到合适的选摘文章,有一点点沮丧;这时,我选择了网络搜索。网络是智慧的迷宫。之所以说是迷宫,因为它有时并不会直接给你"果实",需要你不断地找寻,有时会十分费神。眼下正是这样的情形。我继续频繁地变换着搜索关键词寻找我需要的内容——已经快两个小时过去了,仍然是"大海捞针"一般的茫然无获。

索性在感兴趣的网页里随意搜寻。突然,许多智慧的文字在眼前显现,顿生"柳暗花明"的喜悦,也算是最后时分对一个上午的工作有了一个交代。

很多时候,工作着,心也随着工作节奏欣慰、失落,痛苦抑或喜悦……但一想,也释然,就像今天,如果没有"阅尽千篇"亦无获的茫然,也不会有得来却在邂逅中的喜悦啊……

这只是做编辑工作时心海涟漪的一个很平常的镜头。记得有话说:"生活处处皆哲学",感悟苦乐相长,工作的小细节可以这样诠释,人生的大心态更需要用这样的感悟调适。

有时候,会感觉自己的生活中烦心事很多,工作令人力不从心。现在想,当早晨能精神地走出家门赶向单位的那一刻,我就是成功的,也是幸福的;我的工作间就是我的舞台,而更广阔的舞台,还是由工作提供的社会大舞台,能在这个舞台上扮演自己的职业角色,我就是成功的。把工作看成是饭碗,更当成是事业,哪怕工作多么微不足道,岗位多么平凡,都可以底气十足地当成自己的事业看，这该是活着的一种精气神，一种心有敬畏努力向上的态度。

也许有人会说，你矫情，工作中的压力不是靠这样的几个念头就能消解的。是的，工作的压力自然有，但自己的心态豁然通达了，心会平静而自由，我是为自己的生命和价值生动地活着，不求事事顺心，但求事事尽心，我心坦然从容……

也许今天的好心境会在某一天心灵的暴风雨中流失，但我并不怕，因为，有了苦作沃土，乐也会更深刻地生出来……

（原载于《宁报之声》2005 年 10 月 16 日）

周末寻找心情

　　一夜酣睡后睁开眼，夏日的晨曦透过淡绿的窗帘微微照进来，小屋里装满了朦胧柔和的光亮，加上摆放整齐的书桌、花盆等物，这情景像一幅色彩调和极好的静物写生画。窗外，清风摇曳着树叶哗哗作响，不知名的小鸟啁啾飞过，不远处的施工场地已有了做工的响动，在这交会美妙的声响里，小屋显得静谧异常。这时，不着急起床，惬意地躺在床上，什么都可以想，什么都可以不想，生活的时空全属于自己。

　　待到起床梳洗毕了，看着整洁的小屋，身心整个似乎也被潜移默化变得空灵而有序。喜欢在干净、清爽怡人的床铺前寻找静谧安宁的感觉，这让人心情愉快，而此时此刻，总想起是否该把手头眼下的衣裳都再洗搓一下，使其淘净晒干后散发出太阳的味道，人穿上了也变得清爽无比，泛着自然之清香。这是一种梦幻的境地，但感觉是实在的东西，由此取得享受。

　　午休时，偶尔没了困乏后的睡意，就索性取消了休息。这时，窗外屋里是一片静，就连楼下玩耍的孩子也都归家，这么悠闲的时刻，竟然想不出应该做些什么才不失浪费这美好的时光——于是，静坐于案前写东西，很快就文思泉涌。写累了，再拿起彩带纸编制风铃，折叠美丽的幸运星。下午的时日就这样在笔尖手指中悄悄溜走。

　　就这样，周末平淡却清闲，独处的宁静给人平添了不少闲情雅致的情怀，两天的时光很快就过去了。

（原载于《固原日报》1997 年 6 月 17 日）

水果里的"秘事"

水果？为什么叫水果？

一日，很想吃水果的时候，眼下没有，忽地，水果这个词和品种各异的水果就像精灵一个个跳到了脑子里。一如口渴了会想念水的清凉可口，这时司空"吃"惯的水果，竟一时在脑海中异常地美轮美奂起来，意象万千。

水果水灵、甘甜、芬芳，有五颜六色，有万千的品种……水果如此丰富的情状，以前也未曾细想过。而此时此刻，水果在眼前活色生香。

秋天里有一年中最新鲜的苹果，咬一口，脆甜，饱满、甘甜的汁水幸福了口腔，也幸福了整个生活；秋天的葡萄让人意味深长地想念，最是紫色的玫瑰香，一串串的上面带着霜，像在诉说秋意。摘一颗在口里，轻咬，口齿生香，它在人们的口中祭奠了嫦娥的美丽；夏日里的西瓜，且不谈吃，多少次以为，瓜味有飘自天堂的清新和凉意；草莓有沁人心脾的甜香，它的可爱模样，让人想起童话故事里的小红帽；熟木瓜的香味清淡口感绵软，闻到它的味道，一闭眼心里就能开一朵橘色的花儿（其实并没见过木瓜开什么花）；猕猴桃身上长着"猴毛"，第一次剥开它的时候，绿色的汁液让人有些许惊异，但沙沙的、甘甜的味道立刻征服了你……

每一种水果生就都有着如此独特、美好的模样、味道和品质。你可以欣赏它、享用它，但你似乎对它又一无所知。因为每一种水果的甘甜和芬芳里都藏着大自然的秘密和神性。

在一个人的生命中，水果竟如此滋养、丰富了我们的生命，它的美好一饱人类之眼福、口福。而水果里，也许还藏着个人最私密的生命记忆。

记得八九岁光景的样子，母亲领着我去县城赶集，有人在叫卖手扶拖拉机上一车厢的西红柿。奇怪的是，平常的西红柿都是粉色，这里的竟是黄色。母亲称了西红柿给我一个，我在手里摩挲着，凑近了闻，发现它细薄娇嫩的表皮散发着一种非常美好清新的味道。从此，那属于西红柿特有的清新的味道里好像藏着那年那月母亲的慈爱，藏着我的童年，一闻到就感到无比亲切。

　　还是我上小学的时候，憨厚、温热的珍子和我的友谊一直保持到小学毕业。记得三年级的冬天，一日她给了我一个橘子，说是当工人的爸爸从外地买来的。那大概是我第一次吃橘子吧。在此之前，我见过塑料花上的橘子，在物质匮乏的 20 世纪 80 年代，那时手里有了这样一个"真货"，可以想象它的珍稀。而至今我还记得剥开橘子后，橘瓣被白色的网线轻笼着和那无比芬芳的清香味道。如今，这橘子的清香里，依然藏着我和珍子的友情，也让我怀念友情的味道。

　　还有十二岁那年，我刚上中学，第一次离家住校，想家想得哭了。当晚，我的同乡萍儿叫我到她宿舍一起睡，许是为了安慰我，她给了我几个又红又大的李子，我没吃，放在床头。那晚，我在李子的清香里入睡了，如今每次闻到李子的味道，就会想起萍儿的温暖，还有年少想家的滋味……

　　哦，一种水果里竟有一段段生命的故事，它能唤醒多少流走的时光啊……

（原载于《宁夏日报》2007 年副刊）

文字是一匹骏马

就像一个人对另一个人从没有投入过感情却要求对方给你疯狂的爱一样，在这个世界上，有人也许会幸运地邂逅如此的一见钟情——相信大千世界无奇不有，毕竟在两性的世界里，这样的故事是有的。也许此时此刻正在某地某人的身上上演。

很奇怪自己突兀地冒出这样一个想法，是想作一个比喻，也许很蹩脚，但我试图要表达的就是，如果把文字当作有灵性的生命来看待的话，文字是一个理性过头的家伙，期待它疯狂地无理由地迷宠你，休想！如果你不曾用人心、耐心的阅读和写作靠近它，用兴奋、激情和灵魂的热爱走进它，文字就是一匹桀骜不驯的野马，而你是它肆意驾驭的马车，你会被它拉拽拖磨得很难受。

常听到有人说，在痛苦的时候通过写日记来发泄。很长时间，我自己的经验是，这样听来似乎顺理成章，但当自己真正痛苦，试图用笔宣泄情绪时，会觉得这让你徒然又增加了另一种痛苦：你的笔下不是流泻苦痛的快感，反而思绪会一时陷入纷乱，让人心神难宁，甚至有时还带来生理上的不适，如头疼、胸闷……这样的时候，只好泄气地撂了笔。所以我后来觉得，一个不惯常用文字的人，要用书写宣泄自己，听起来似乎很不错，还很文明优雅，但那其实是自欺欺人，给自己找苦受。

我以为，这是文字给人带来的一种不自由和尴尬。

也常听人说，看电影不如看原作好，电影对人物的刻画不如文字丰富，好文字的表现力和画面感使影视声像有限的图解往往苍白。这固然是文字高妙的一个境界,但曾在慨叹文字的奇妙时,也一刹那叹息文字的无力,纵使最高超的语言大师也无法叫文字代替生活本身。

这是文字悲剧的绝美,也是文字给人的不自由感。

所以有时想,带上轻松的头脑去享用文字就好,比如只去阅读。

但文字总归要表述生活,对于汉字来说,一个个方块字本身就是一个个玲珑而内涵丰饶的文化的精灵,它又承负着表现生活的艺术责任,最终的这个责任就归到了雕琢文字的人身上。

法国作家布封在他的文章《马》中写道:"人类所曾做过的最高贵的征服,就是征服了这豪迈而剽悍的动物——马"。马是世界上最具灵性的动物,但如果文字是一匹骏马,也许不需要驯服,只凭着苦恋和耐心去一点点接近就够了。

（作于 2007 年）

城市表情

　　这个春天,我坐在一辆中巴上,途中,一路透过玻璃窗,看窗外城市的风景……黄色的迎春花在路旁热闹地开放,车开快了,这黄色就流淌成了一条河流,风驰电掣般落在视野后面;城市街区、唐徕渠畔的垂柳,柳条儿长长地垂着,丝丝缕缕,在风中摇曳着,袅袅婷婷;城市被春天的绿色装扮了一番,似乎都市的表情一下子生动了,变得柔和、妩媚,变得明亮、灿烂……

　　喧嚣、浮华、虚伪、冷漠、钢筋水泥的森林……曾多次读到过对于都市如此关键词的描述。字里行间充满了对都市的厌倦、不齿甚至诅咒,与之相对的是对乡土的淳朴宁静充满热切怀恋、讴歌甚至宗教般向往的情感。

　　曾在这样的文字里得到过共鸣,但如今,再看这样的文字,除了文字题旨上的重复让人心生厌倦外,我感到,如果仅用上面的字眼诠释都市,的确是八股了点。我想,如果乡村显现着自然的原始的风貌的话,城市其实亦不乏自然之美,且有更丰富的表情:在高楼林立的繁华背后,公务白领的职场修炼人生打拼,街头小贩的生计奔波百姓故事,街巷弄里的家居生活,菜场小摊的油盐酱醋……这其中,更能读出人世百态,滚滚红尘,烟火人间的味道。

(作于 2007 年)

旧　物

　　许是年龄增加的缘故，在生活中对旧物的确越来越有了一种难以割舍的心情。这是不是可以定义为一种"贪"？但和你厮守缠磨了那么久的东西，无动于衷地抛弃就是合适的吗？对于现代人提倡的"断舍离"来说，这样的体会就是一种不开窍？

　　在几年前，柜员机上取钱的凭证小纸条我会打印下来，有时候搁置在一个钱包里。几年后翻出来，发现它竟记录了那天我生活过的一个线索，那一刻我凝视着那个几乎要发白的纸面，一时回味起什么……

　　那年穿过的一件衣服，对，比如这件白色的 T 恤，现在它从包袱里被偶尔抖出来的时候，我不知道如何处理它，因为它带着我曾经生活的那些记忆和气息，将我唤回那些曾经更年轻的日子，它现在发黄了，带着岁月的味道，那个背上一坨咖啡色的洗不掉的污渍，在我看来它不是污渍，它是洗涤时不小心染色留下的痕迹，它同样带着我的印记，是那么熟悉而亲切，最重要的是，它和我肌肤相亲，那么"缠磨"过一回，无论认不认账，某种意义上，它确是深刻地和我走过了一段生活……

　　我想起和我已进入耄耋之年的父亲对于旧衣物的一次闲话。大概是去年，他在一次不经意的聊天中和我说起，人老了，不爱穿新衣服，新衣服上身不自在。刚听的时候，我心里实在觉得是"老一套"理论，不外乎"舍不得"穿。可后来，父亲的话越来越让我觉得合理合情了。他说，旧衣服熟悉，穿上像老朋友一样，耐拉扯，怎么都行，再说，老了也不图什么好看。

　　还有一次，父亲也是说起旧衣物的话题，他说，现在的人生活条件好了,穿过的衣服不要了,到处随便扔,垃圾坑里有,沟渠里也撂。我大概问了句父亲如何处理旧衣物,他说,自己穿过的几件旧衣服,袖口、裤腿都磨烂了,基本上不能穿了,就在前几天,他洗了之后,烧了,这样算是和旧衣物做个了结。

就在父亲不经意说着的时候,忽然,我不禁被父亲于平常生活中的细腻之心打动:父亲定有男性不拘小节的一面,却活得亦有如此虔诚细致的一面,即便是面对不能穿的旧衣物,也有情有义,要洗干净了给一个体面的归宿……

（作于 2017 年 4 月 30 日）

六

四季韵歌

一寸春光

在这间静静的小屋里，透过窗望去，是一角旧民居楼。楼有些年头了，曾被刷新过红白相间的一层粉饰，如今也被岁月风化成半旧。

天，阴着。

被窗口框进的这片风景里，还有几棵大白杨的枝丫。

树枝远望还是冬天般干秃的。眼前，楼、树，似乎是冬一样沉默得有些压抑的画面。忽然发现树枝在空中轻轻晃动着，眼前的一切似乎因这晃动增添了生机，心头竟有了一丝莫名的雀跃——哦，毕竟是春天了，有风。刚上楼的时候风是柔柔的、凉凉的，这才发现杨树的枝丫隐隐中好像泛着点绿意。

就在这一刻心里感慨，虽未出门却并未辜负这春光，透过窗口，在楼群的那一角，又飞过了一群小鸟，呵，这瞬间是最完美的春色图吗？有时候，生活给你的惊喜，也会有这么适时和完美吗？这虽是小小的、瞬间的惊喜，可它真切地发生了。

树枝在天际轻轻地、轻轻地晃动着，让人的心更静了。在这并不明朗的春色里，这生活的一角氤氲着岁月的痕迹，感觉天淡淡的，日子也淡淡的。时间像是停泊在了这一刻，悠悠地，直让人要回想点什么。

（原载于《小龙人学习报》2016 年 4 月 11 日八年级花季雨季版）

雨落时分

银川的天,雨水似乎一年比一年多了。

有时白天,雨淅淅沥沥地下着,柔柔地飘着。从六楼客厅的窗望过去,对面居民楼的墙面上,雨水渗透了墙壁显出深色斑驳的水渍,看上去像一幅旧街坊的油画;上班路上、街上的车,为交通安全考虑,速度也缓了;街上的行人,打着花花绿绿的伞,偶有骑行者亦穿着各色的雨衣路过。平日匆忙的脚步,在这一刻可以从容一点,因为下雨是一个很"王道"的理由……

在车水马龙、人声喧嚣的都市,雨是自然的讯息,放缓了生活的节奏,释放着悠闲的气息。雨夜,更是倾听心灵声音的时刻。

秋夜雨来,城市比往常更早地静了。睡前时光,推开窗来,清新的空气扑面进屋,这时透过小区的灯影,看雨丝交织飘落,伸手窗外试探雨落的凉意。雨并不大,但楼顶的雨漏已经有了流注的水声,雨水从高楼下落"哗哗"的响,有一种雨似乎很大的错觉。很享受这样的声音,希望这雨声大些,再大些,好像这声响能漫过心头,释放灵魂。

关了窗,拉上窗帘,屋子四周一片暗夜的寂静。收拾睡下,这时听觉格外地敏锐,窸窸窣窣,滴滴答答,有时雨竟也如注如浇。雨落的天籁,让世界沉浸在雨中,回归自然,也让世界格外的静。那一刻,你有意地捕捉这声音,做一次心灵瑜伽,你在聆听雨声,又似乎在倾听自己心灵安谧的律动,身心无限放松妥帖,雨夜的外面仿佛是无边的森林……

(原载于《小龙人学习报》2015 年 10 月 12 日八年级花季雨季版)

碎步走来的春

　　这个春天，反复的春寒像是在拦挡春姑娘下凡，抑或让人遐想，春姑娘是踩着小碎步走向人间的，令人不禁更有了一丝寻觅芳踪之心。

　　也许春天来得太痛快了，亦让人伤感季节的更替太快，这样正好吧。于是，依稀在冬的寒凉中，寻觅春的芳踪。

　　风柔和了，又有些凛冽的感觉了；草地看似有了隐隐的绿色，乍看却还枯着。直到有一天，看到柳梢的嫩芽，如此，一颗寻觅的心才觉得有了交代——春在柳梢上舞蹈着，说这里有整个春天也不过分吧！

　　一枝垂柳的树梢上摇曳着春天，柳梢上一粒儿黄米般的嫩芽上包裹着春天，这样的意境让我想起漫画家、文学家丰子恺笔下的柳条，那里有永恒的春天。

　　而眼下的春，真真切切，不是更令人感动么？

　　　　　　　　　（原载于《小龙人学习报》2009 年 5 月 4 日八年级花季雨季版）

潜在花香里的小小幸福

一日去公园,清风适时捎来缕缕花香。花香轻柔而空灵,在来不及惊喜的当儿,已缱绻在鼻尖心头,沁人心脾——哦,这是丁香花。

似浓却淡,似甜还香,这花香直让人想象,就在不远处,该是有一个美丽的姑娘正拂袖起舞,衣袂飘香。

我国现代派诗人戴望舒在名为《雨巷》的诗里写道,"我希望逢着 / 一个丁香一样的 / 结着愁怨的姑娘 / 她是有 / 丁香一样的颜色 / 丁香一样的芬芳 / 丁香一样的忧愁⋯⋯"这朦胧、凄迷到醉人的意象,没能让我陷入诗人惆怅浪漫的情怀,反而撩拨了要去一睹丁香花容的心情。

迫不及待地寻觅那开在不远处的丁香花,喔,看见了,有紫丁香,还有白丁香,树木大约各自离开三五步远,一树一树的花儿吐露着芬芳,正开得热闹。走近了,这里正是香气袭人,那里又是暗香浮动。禁不住地凑近了嗅,却在鼻尖触着花儿的一瞬,发现花香凝滞了——凑近了反而少了香气,哦,是花儿的调皮吧!于是,只静静地潜在花中漫步,任由花香牵引着,一颗心飘逸、飞扬抑或沉静,心也舒展成一朵花,自由而芬芳,感觉呼气如兰,人也似要羽化成仙了⋯⋯

与大自然的花香不期而遇,花香送人一怀的芬芳和惬意。倏然亦觉得,花香里藏着活在尘世的一种小小幸福,这幸福可能细微到不知不觉,而一旦品味,这幸福亦能大到无边际,就像此刻花香弥漫了整个心房。

(原载于《小龙人学习报》2009 年 6 月 1 日八年级读书时光版)

清净的春晨

　　周末的早晨，可以说是最享受的，忙碌了一周终于可以放开睡个懒觉了。在周末当晚我一般不设手机铃声，直想睡到自然醒。但有时恰恰不能遂人愿，越是在周末，早晨一到平常的定点时分（上班时间这个时候反而是瞌睡最迷醉的时候），就自然地睁开了眼，头脑异常地清醒……

　　这个周末，我也是这样的经历。对于早醒，我已经很有点经验了。不慌不忙，不再为瞌睡走了埋怨什么。拿起床头的书随性而读。手机就在枕边放着，也不想去开它看时间，觉得这样就断了和外界的联系，才能获得真正的宁静。

　　这是刚入四月的春天的早晨，阳光透过窗帘柔和地扑进屋子里，我躺在床上看书。卡夫卡、张贤亮、贾平凹，换了好几个人的书，可兴味一点儿都没减。

　　周末一般少动，杂志上说活动量小的时候可以节食，也算是一种减肥和斋戒，索性很有理由地不吃早点。

　　四月的天，往往能听到一冬天里少有的鸟鸣。我住五楼，偶尔听到外面的鸟叫，忽然就觉得鸟儿叫蓝了天空，外面是阳光明媚，心里亦是一片明媚。这时打开手机一看表，已经是正午时分了。

（作于 2006 年春）

夏日趣记

为同学们编辑这期报纸的时候,正是炎夏。

这日在一家饭馆热火朝天地吃麻辣烫,旁边桌上一女人抱怨道:"呀,热死了……"如此抱怨本来是可以被忽略的情绪宣泄,可紧接着冒出一声劝导:"心静自然凉。"乍一听,语气里有不容分说的权威老道,却分明也是奶声奶气,不禁放眼看过去,出此语者乃不足十岁小女——她是给她妈妈说呢,不觉莞尔。

在所住街区小巷里穿行,平日那老旧楼下犄角旮旯处有一饮料摊——一凉伞下、一圆桌、几把凳子,印象中桌上常年还摆着一盘棋,总有四五六七个中老年男人在那里"厮杀"或围观。纵然常常路过这里,但这些人的模样对我却是永远模糊的轮廓。这日,我却被一"景致"吸引,你瞧怎么着?平日里见一中年男子挺一"将军肚"并不稀奇吧,因为是被衣服遮掩着的,可这里一仁兄为凉快,也不管不顾那么多,他坐在一凳子上,索性把衣衫从腰撸起,露出了肚儿圆——光看肚子,简直像极身怀六甲之孕妇,再看,就像一浑圆的半球体恰如其分地扣在了胸前,而那肚子还愣是那样的白,他还不时用手来回地抚摸着自己溜圆的肚儿,一脸的坦然和惬意。

市井的休闲、散淡抑或热闹,也在这裸露的溜圆的肚儿上吧。市井万象,也是一本生动的书。

(原载于《小龙人学习报》2010 年 9 月 13 日八年级花样年华版)

○四季韵歌

195

浮生夏日

夏日白晃晃的日头,扑面袭来的滚滚热浪,被热浪裹挟着有些慵懒挣扎的身心,最能让人在那么一刹那感受到生于尘世的渺茫。

头脑里不自然地冒出了这样一个题目——浮生夏日。词典中对"浮生"的释义是:"短暂而虚幻的人生(对人生的消极看法)。"但在此,我认为"浮生"的感觉是夏这个季节返照在人生感悟里的独特色彩和背景。

夏日的阳光有点炫目的白,空气中弥漫的热浪让人感受到整个世界都膨胀着让人眩晕。在最热的午后,走在都市的马路上,涌动的车水马龙恍惚间在热浪里变得轻飘起来,高楼大厦也在热浪里蒸腾着,犹如虚幻的海市蜃楼。每天上班走过红绿灯的片刻,很多次都有这样的感受,忽然感觉自己于滚滚红尘中旁观着人生,而人生如微尘的渺小,也使心在燥热中反归于静谧了。

这些如梦如幻的"浮生"感受,还会唤醒往昔熟悉的感觉。儿时,对夏日也较其他季节有感触。依稀记得,童年村庄的夏日午后,平常玩耍的小伙伴们都不见了,世界在一片静默里显得那么寂寞。但细听,弥天四处是小虫和热浪交织的天籁的交响,而这种漫天的嗡嗡的交响似乎又可以忽略成最自然的声音,可以闹中取静,又可以静中取闹。还记得夏日午后的阳光、小河水,一切在乡村的寂静里热闹着,又寂寞着。还有那从麦田里放眼望去树木的婆婆绿荫,让幼小的心灵于朦胧中感受到一种美,竟也同时生出一种淡淡的莫名的愁绪来……

时光流转太匆匆,已不是往昔少年,今年的夏转眼也就走了,不禁在时空的苍茫里感叹岁月的无情,就此写下这点文字聊以慰藉。

(原载于《宁夏日报》2005 年 8 月 22 日文艺副刊)

鸟　鸣

　　在春夏季节，很多次，我坐在六楼的屋里能听见鸟鸣。印象中，秋天就很少能听到鸟叫了。

　　在偶尔听到鸟叫时，心里忽然就觉得岁月也非常从容安详。

　　感觉鸟就在楼群附近，就在窗前的那片天空，甚或擦着窗边飞过。很多次，在一片鸟鸣中，在它们迅疾飞过的一瞬间，心就忽然被它们的叫声紧紧攫住，仿佛就要跟着飞走。

　　这些不知名的鸟儿，楼前没有绿树可供它们歇脚，它们只是路过这里。

　　鸟儿飞来时，那一瞬间，自己忽然像一个纯粹生活在听觉世界里的人，会出神地辨听，回味。它们飞过时，是如此欢快，像是在热烈地交谈着什么，或者辩论着什么，清脆的叫声，能鸣和出一派春光的明媚和生机，鸣和出夏日的芬芳和热烈，鸣和出秋的高远和恬淡……就这点来说，鸟儿可以说是季节的使者。这些鸟儿飞过，在喧嚣的城市里，给像我们这样在家里宅久了的人携来一缕心灵的风。

　　（原载于《小龙人学习报》2010 年 10 月 11 日八年级花样年华版）

秋叶里的童话

这天上了公交车，正好有位子坐下来，感觉真好：生活的奔忙在这一刻慢了下来，可以随意地看看窗外发发呆。

自然地望向窗外，透过玻璃，眼前熟悉的街景给人一种安然。这时有一点点意外地发现，夏日街上草木的绿已被季节换上了满目的黄。心里微叹着时间的匆匆，却也正好在这满目的黄叶里赏秋。

按说这秋叶也是亮色，却一点也不刺目，秋叶的黄色让人的眼目很舒服很放松。初秋的天，它们一树一树地静在那里，抑或在清风里悠然地翻动着身子，动静中都显得内敛，带着一种特有的沉静。那地上铺满的秋叶，层层叠叠地落归在树木母亲的身边……

这一树一树的黄就是整个的秋了吧，而思绪也随着这秋叶恣意在岁月深处。

记得小时候，故乡的山岭上、小河边，都有片片的小树林。一到秋天，家里要烧炕，我和小伙伴三五成群，背着背篓或提着竹笼，拿着小笤帚去扫树叶。我们在清秋里吸吮着大自然最纯净的气息，边玩边扫，好不热闹。很多次，我和小伙伴把最大最漂亮的黄叶拣出来，一沓子拿在手里玩。那时候会幻想这满世界的黄叶要是能变成"钞票"多好，可以去买喜欢吃的瓜子、花生、水果糖！明知这是美丽的想象，心里却也分外满足。我想，那时自己的嘴角肯定带着默默的笑的。

把黄叶想成"钞票"固然充满了孩童单纯的欲望，但没有铜臭味，这是属于孩子的最浪漫的童话。

看着窗外的秋叶,我想,这静美的秋叶里,也曾有我的童年故事,至今想起,仍是如此亲切,触动人心。

(原载于《小龙人学习报》2010 年 12 月 6 日八年级花样年华版)

秋日冥想

自己像一个孤独的老者，有点不知去向，腿脚很沉，步履很缓，有点犯困似的，迷走在这条小路上。

幽径深深。

小径两旁，树木的枝叶在空中交织成一个拱门。秋日午后有丝丝凉意，阳光更显得慈祥。阳光通过树梢的空隙投下来，在小径上洒下斑斑点点的亮光。小径尽头的一侧，有一条长椅，那里有一大片阳光。

无人和自己对话，周围亦无人语。舒一口气，有一些发呆的样子。眼睛随意地瞅着什么，又好像什么都没看到。世界好静，感到一种安谧的东西如一股温热的清水，很空灵地弥漫渗透到心里，进入骨子里，眼睛不由自主地闭上，心像花朵一样慢慢地舒展开来。

心里是空的、静的。感觉自己在自己的心里走路，走进了一片幽谷。忽而，不知道自己是谁了。

小径的长椅变得如此阔大，自己在上面变成了一只秋虫，懒懒地静静地停在那里，不知春秋，只专心眼前的慵懒，样子也许像甲壳虫，停下来，在自顾自地享受没人惊扰的孤独，又像是在安静里玩味着什么。如此混沌而清醒的意识中，长椅不知道在什么时候隐遁了，我成了宇宙中的任何一物。

我是风，稍微一动，发黄的树叶就飘落成秋天的诗歌。忽而，我是一片树叶，被风吹了，就不由自主地要下落，那炫舞的姿势啊，藏着多少令人心碎的时光。忽而，我是小径上的一株小草，矮矮地稳稳地立在那里，不被人打扰,也不打扰人,只静静地看着这个尘世,看周围的目光如此之短,抬头却能仰望整个天宇。忽而,我是一颗在阳光里闪烁的尘埃,漂浮在天宇,有形似无形,在时空无垠的维度中永恒……

不知过了多久,感觉时间很长了,但也许只是打了一个盹儿的工夫,远处草坪上追逐嬉戏的孩子吵"醒"了我。

孩子们肆无忌惮地尖叫还不算刺耳,他们对我置若罔闻,我看着孩子们穿梭在那些叶子泛黄的树下,一派自由的天地……眼前的情景像是一幅身临其境的图画或电影,更像是一个暗室里放着的幻灯片。

回神似的,抬头向远处望去,阳光刺得眼睛有些眯缝,空中笼罩着朦胧的雾气,在秋日阳光的衬托里,雾气有点泛紫,那雾气感觉就是秋天……

从长椅上起身,步子落回到真实的大地,我向回走了,我又回到了我自己。

(原载于《宁夏日报》2008 年 11 月 7 日文艺副刊)

冬之絮语

严冬常常让人联想到无情，而饥寒交迫被认为是可怕严酷的人生困境之一。一个人没有温饱却要谈生活的诗意是荒唐的。但人生也许正在那刚刚好或被充分满足温饱之后，便有了更高的精神索求，会发现生活的美好，恰如这寒冬也有的美丽和诗意。

在冬日的旷野，曾看见过暖阳高照、天地苍茫的雄浑；在清冷的冬夜，欣赏过屋边树梢上一弯新月的清丽；在深冬，发现过树木凋敝、万物萧疏的美；在雪天，欣赏过雪花漫天飘舞带给大地的浪漫……

这一刻，那屋外树木光秃的枝丫单调地在寒风中抖动，提醒了在温暖屋子里的我的安逸；在萧瑟寒风中穿着厚厚的棉衣穿梭着的人们，也因这寒冬变得"臃肿"而卡通起来……

一年的光阴就这样走向最后的告别，道一声珍重。

（原载于《小龙人学习报》2010 年 12 月 25 日八年级花样年华版）

七

名人感悟

还原乔布斯

计算机狂人乔布斯走了。

世界终结了一个人生传奇，世人为其哀悼。

以前很多次在杂志和网络的零星片语中得知他，他的离去让我想细细了解这个人，这样一个远在天涯却也近在咫尺的人。网上一搜索，在他生前驰骋至爱的网络世界里，诸多文字和图片一如海洋，都在缅怀他和他留存于世的创新精神。

起初我很满足于这些了解，但后来我发现，这些文字远远不足以让人看到一个活生生的乔布斯。能慰藉人的，只有以文字为媒介，再以心读心。百度他的简介，细细读 2005 年他在斯坦福大学的经典演讲，从他个人的言语中，更能读到他的心迹和思想。他在演讲中所讲的三个精辟的人生故事，关于如何把生命中的点点滴滴串联起来、关于爱和失去、关于死亡，即便如此真实、深邃而打动人心，但这也不是他的全部。

我想，回归到生命本身，他也有和我们每个普通人一样平凡的一面：他人生走过的五十六年里，他在自己从小领养的身世中感受过多少不为人知的辛酸？在因高昂学费而辍学的日子里，年轻的他又体会过多少人生的迷茫？在找到至爱事业和真心爱人的时候，他心头和脸上又浮起了怎样的笑容？当他遭遇事业的挫折抑或领受无数荣誉的时候，他在怎样思忖要如何面对自己、世界和人心……最真实的是，死而平等，这个引领时代精神消费潮流和处在时尚浪尖的大人物也面对着病魔和死亡，而他在十七岁的时候就顿悟了死亡的本质，他一直在等待死亡，但他把自己的生命燃烧成了愤怒的火焰,要立志改变世界的他卓越地完成了自己的使命……

也许这一切依然是猜想,他留给世界的全世界都看见了,而要还原一个真实的乔布斯很难,解读这样一个伟大的人更难,所以我明白了解读伟人的传记和文字为何如此之多。

在此,引用他演讲中的文字以表示对他的缅怀:"死亡是我们每个人共同的终点,从来没有人能逃脱它。也应该如此。因为死亡就是生命中最好的一个发明。"但仍然希望他还活着,共享一世光阴。

(原载于《小龙人学习报》2011 年 11 月 14 日八年级花样年华版)

◎ 名人感悟

一位学问家的魅力

　　这次余秋雨先生来银川做讲座，其情势如一场文化的雨露倾洒，在银川掀起了一股读其人其文的热潮。这同时使小编想起近年来余先生其文其人颇受攻讦，斥其卖弄学问、充任"学者明星"等的说法。但当我们亲临学者要来的此情此景，这些都成了后话，在此用不上再妄评什么——我的感觉是，如此一个才情横溢的文人，如此一个满腹经纶的学者，普通读者对他的尊敬、渴望分享他智慧的期待早已证明了一位学问家的魅力。

　　10 月 20 日晚 8 点，作为主办单位的报社媒体在余先生到达银川后，安排了与新闻界记者的见面会。小编有幸也参加了这样的见面会。前些天余先生还是我在电视上看的全国青歌赛的评委，现在近在咫尺，忽然觉得有点不可思议。在这样一个小会议室里，他回答了记者关于银川、中国文化、读书等一些问题。现场的每一个提问，对于这样一个学者可以想象他大方仪态，只见他思想和语言就像神来之物，一如顺畅的河流倾泻，给提问者以最充分和旁征博引的解答。表达中他热情而又平静，从容里显着儒雅。其观点在此不赘述，不如亲自拜读先生的书为好。

　　会上想替同学们请教他少年时代读书写作的方法和故事，但因时间很有限未能提问。这期就专门在网络里搜集编辑了他关于读书的一些见解。编辑的过程中，删减了一些和同学们的读书学习有点脱节略显生涩的文字，留下的这些，都是余先生读书体验中总结的智慧，不妨细细领悟。以后，同学们可以读读他的作品。他的《文化苦旅》《山居笔记》等文字在我的阅读中曾带来过不小的震撼：他对文化宏观解读的视角给人荡气回肠、豁然开朗之感;他对历史、文化纵深的探究和深邃的理解很能引人入胜、发人深省;他的文采、思想、才情又是那么细腻、感性,教人在细微处心灵为之战栗,他的著作为普通人看中国文化搭建了一个通俗而又高雅的平台。

余先生做学问、旅行,写出的一本本著作,让人不禁心生感慨:人生的漫长和短暂里,他耐得了多少寂寞,才写出了这许多文字!

（原载于《小龙人学习报》2006 年 11 月 6 日八年级花样年华版）

名人感悟

大雅大俗的完美邂逅

2014 年 9 月 27 日那晚 11 点多刷微信时，得知了作家张贤亮去世的消息。这使我想起了与先生有过的一面之缘……

那是 2005 年秋，也是缘于工作，《小龙人报》"名人面对面"栏目组织本报小记者去镇北堡西部影视城采访张贤亮先生，我作为带队记者，见过先生一面。

算来，先生那时候已是古稀之年，只见他面容清癯，文化人的气质很浓，身上带着被阅历和岁月淘洗后的风轻云淡，悠闲轻松，可以说有一种从容潇洒的仪态风度。按先生话说，他"一生没幼稚过也没老过"，的确，那次活动中，他言谈充满主人的好客与热情，很有活力，让人忽略他的年龄。记得他把小记者邀请进了一个教室大小的厅里，他坐在一张木桌前面兴致盎然地面对几十号小记者的提问，一问一答，显得很正式的样子，一点儿没有因为是小孩子而敷衍。具体讲了什么记不大清了，但至今却能回想起他爷爷一般和蔼亲切的口吻。可以想象一位七十岁的老人和十多岁孩子的谈话要跨越几个代沟，但很多次他都这样讲，"我和你们这么大的时候……"，倏然拉近和小记者的距离，我在内心想，也许这就是"大家"的风范了。

其间，他还给小记者们每人准备了一袋雪饼、面包等小零食，也算一种特备的礼物，可见其细心周到。

张贤亮先生是全国知名的大作家，即便住在同城（银川），即便是有过一面之缘，于我，按说他最多也只是一个熟悉而陌生的"公众人物"。待我仔细揣摩对先生的这份悼念之情,却感觉,作为他的读者,对其作品阅读的深刻感动甚或震撼更是一种悼念的深层缘起。

先生去世第二天,我在屋里的几个书架前反复搜寻找齐了他的书置于床前。一本是《张贤亮中短篇小说集》,封皮内记载是 1997 年购于宁大金秋图书节;还有数年前,我从银川海宝小区等旧书摊淘到过他在宁大进行文学讲座的讲义内部资料和他的一本散文集。近期,十一长假,我又重读他的《男人的一半是女人》等作品。读他的作品,总能被他大雅大俗所碰撞出的一种独特、睿智的叙述所感染,文字极强的"代入感"让我和他仿佛一起活过在他的年代、他的经历和他的人生中,是那么苦难真实却又是那么富有人性的美丽和优雅,是那么磨炼沉重却又是那么超脱空灵,是那么痛苦沧桑却又是那么风趣旷达……这种阅读体验的确很独特。

我还记得几年前在读他的散文《心安即福地》中,读到当年他在兰州火车站当乞丐、"劳改",用麻袋扛着一大堆破铜烂铁从南梁农场步行去换回一口口铝锅等种种窘迫的人生境遇,竟随文字和先生一道泪洒襟怀。

书中的内容随时间会在记忆中淡去,但先生文字书写人生留下的真实与感动却不会褪色。

(原载于《小龙人学习报》2014 年 11 月八年级花季雨季版)

听张艺谋访谈有感

近日,在网络上看了张艺谋在人民网的文化访谈,他当时是为一个电影首映式做热身,是有一些商业的味道,但整个访谈的文化味也很浓。

张导当然是见过世面的人,但我想仅仅见过世面、有阅历、有名气也不一定能很体面地支撑这样一个相对深度的访谈,面对主持人和台下观众的提问,他作答思路清晰流畅,给出的回答也很有深度。他谈电影与文学的关系,谈中国电影走向世界如何把握分寸的问题,谈电影要追求"三性"(思想性、艺术性和娱乐性)的统一,等等,其间的阐述深入浅出,很有文化内涵,也有学术价值。

这里,张艺谋作为扛起中国电影发展大旗的一代名导演,个人肯定需要深厚的文化积淀,但他是怎么做到这些的呢?我专门搜索了一下他的读书情况:从去年12月份《北京青年报》的文章《张艺谋的奇特上学记》了解到,他当年在破格录取为北京电影学院的旁听生后,年龄偏大,非常珍惜学习机会,在学院的图书馆中,"可以查询到,张艺谋是借书最多的学生之一","平常的作业非常工整、干净,学习成绩很优秀。"

话说术业有专攻,任何一个行当要干好就要有付出,虽说个人禀赋有差异,但书籍和阅读永远是引领所有人向人生高地进发的重要工具和途径。

(原载于《小龙人学习报》2014年4月11日八年级花季雨季版)

智者的天真

　　丰子恺是我国新文化运动的启蒙者之一,是画家、散文家、美术教育家、音乐教育家和翻译家,是一位多方面卓有成就的文艺大师。一个人能成为这么多的"家",该是怎样的一位智者呢?

　　零星读过丰子恺先生的文章,其纯朴的文字总能真切地捕捉阐发人在尘世最幽微的感触,其文理的耐咀嚼度,思想学养的深厚,在素有的阅读经历中,是令我叹服的。而在心间留下更深印象的是,先生透过文字传递给人的一种亲切,一种和善,甚是喜欢这种气质。

　　先生写童年的梦,体味纯真的童心,咏叹人生的喜乐,阐述人生的与艺术的真谛,书写故乡风物人情,忆严师好友,抒发故园之恋……平淡自然中,涉笔成趣,亦无不透露着真善美的情怀。他让人感受到他在敞开心扉倾吐,道出了人人心中有却口中无的话,也讲人人都在尘世,却感悟不到的意味和心境。在他的笔下,万物皆灵。家养的一只白鹅,就是一位深情的有节有义的朋友;屋内的一盆水仙花,能为其一线生机的复活、为其命运的跌宕感慨;孩子们抓来养在盆里的蝌蚪,他能听到它们的哭泣;昔年种过柳,觉得和杨柳有缘,他毕生爱柳画柳写柳……

　　走进先生的文字,让人慢慢体会"一粒沙里看世界,一朵花里有天堂"是怎样的一种境界;先生身上有艺术修养的高妙灵性,有博大深邃的悟性,更有智者返璞归真后孩童般的天真。

　　　　(原载于《小龙人学习报》2009 年 9 月 28 日八年级花季雨季版)

季老的自省

　　北大老教授季羡林在最近出版的《病榻杂记》一书中称，"三顶桂冠一摘，还了我一个自由自在身。身上的泡沫洗掉了，露出了真面目，皆大欢喜。"这三顶桂冠指的是民间封给他的"国学大师""学界泰斗"和"国宝"称号。这段话读来令人心中五味杂陈，出于对季老自省的尊重，这里我称呼他最本分的头衔——"季老"。

　　如今是一个炒作时代，每天的互联网上都有许多噱头和故弄玄虚的事情，有甚至不惜以自己的名誉为代价而炒作、制造人气的明星或素人，究其背后的动机，无非名与利。季老是一个九十岁高龄的老人，他活到这个年岁，老与病的体悟这很在常理，值得玩味的是，如此"昭告天下""摘掉桂冠"，我们能读到季老请辞有对自己人生学识的清醒掂量，有面对世人用一颗平静、清醒、实事求是的赤子之心的自省，文字里也流露出被媒体、官场等世俗所困扰不堪其累的苦衷。

　　文中对于"三顶桂冠"的"廓清"不乏幽默和自嘲的意味。季老的这番话让人想起别林斯基的名言："一切真正和伟大的东西都是纯朴而谦逊的"。

（作于 2007 年）

一个精英知识分子的父爱

——读《傅雷家书》有感

手头是我淘到的一本旧书,1984 年由三联书店出版的增补本。此书是我国著名翻译家、作家傅雷和夫人写给傅聪、傅敏、弥拉的家信摘编,写信时间为 1954 年至 1966 年 6 月。

书籍封面是淡蓝的底子,有一支洁白的羽毛,封面题字是由傅雷遗墨所组出的四字——傅雷家书。前面附有三页黑白照片。照片的形象和直观让人一下子走近了这家人。有一张照片是父子俩坐在沙发上,傅雷拿着书本在和傅聪讲解什么,两个人都可称得上是中年、少年各正当时的体面样貌,让人能感受到一种知识分子家教的氛围;还有一张是夫人挨着十六七岁的傅敏一前一后半蹲着的情景,那种对孩子的爱意扑面而来;接着附录了傅雷的家书墨迹,有汉文的英文的,墨迹堪称艺术品,字体娟秀整洁,气韵横生,洋溢着一个艺术家的爱子之心,也显出其很高的传统艺术修养和治学的谨严。

以上是对书籍初步得到的一些感性认识,为后面读书信给了一些引子、线索和兴趣。

再单看一篇篇书信,每篇书信都是一个充满生活细节的爱的故事。

现在有很多海外小留学生,这可以看做是较早期的父亲给小留学生孩子的书信。隔着万重山水,是这一封封书信让孩子有了父母的陪伴、跟随和心灵的看护。

比如 1954 年 12 月 27 日给傅聪的信中,傅雷信初对孩子在上台的日子还要练足 8 小时的钢琴,大加赞赏:"也叫人佩服你的毅力。孩子,你真有这个劲儿……"不像传统中国父亲的内敛,他快人快语,有西方人的热情直接。

随后,话锋一转,又提醒儿子:"不过身体还得保重,别为了多争半小时一小时,而弄得筋疲力尽。从现在起,你尤其要保养得好,不能太累,休息要充分,常常保持 fresh 的精神。好比参加世运的选手,离上场的日期愈近,身心愈要调养得健康,精神饱满比什么都重要……"最后还给孩子做心理辅导:"主要仍在于心理修养,精神修养,存了'得失置之度外''胜败兵家常事'那样无碍的心,包你没问题的。第一,饮食寒暖要极小心,一点儿差池不得。比赛以前,连小伤风都不让它有,那就行了……"字里行间,一位温暖的父亲对孩子的温柔呵护之心可见。

接着,又和孩子探讨书,给孩子推荐"《世说新语》大可一读。""有人认为中国有史以来,《人间词话》是最好的文学批评。开发性灵,此书等于一把金钥匙。"随之后,又一番议论,讲"为学最重要的是'通',通才能不拘泥,不迂腐……",阐发到最后是提示,"成为某某家以前,先要学做人……"最有意思的是,这番教导之后,他又站在孩子的角度说:"这套话你从小听腻了,再听一遍恐怕更觉得烦了。"这句话,非但没有消去一个父亲的高大,反而感觉到这位父亲的亲和甚至谦卑,让人体会到一位有极有温度的父亲。

这篇书信的最后,又是发自内心地对孩子的鼓励,给孩子自我提升向上的力量:"当然,你浑身都是青春的火花,青春的颜色,青春的生命、才华……""我和妈妈常说,这是你一生之中的黄金时代,希望你好好享受、体验,给你一辈子做个最精彩的回忆的底子……"

1955 年 4 月 21 日的信,给孩子教导,"你有一点也许还不大知道。我一生遇到重大的问题,很少不是找几个内行的、有经验的朋友商量的;反之,朋友有重大的事业很少不来找我商量的。我希望和你始终能保持这样互帮互助的关系。"提醒孩子遇事应该和信赖的人商量,尤其要和作为父亲的他沟通,从字里行间,能读出一个父亲对孩子知无不言,言无不尽,掏心掏肺的教导和那份世界上无法代替的至亲父爱。最有意思的是，他最后写道："我坐不住了，腰里疼痛难忍，只希望你来封长信安慰安慰我们(指父母)。"写到这里，又一次看到了那个感性的，也渴望被孩子爱和体贴的真实生动的父亲形象。不禁莞尔，感觉到养育的乐趣和人伦的趣味了。

从傅雷家书中，可以看到，傅雷不仅仅是一位一丝不苟的严父，还是一名循循善诱的优秀导师，因为他事无巨细要从非常细小的点上教导孩子；还可以看出，傅雷更是一位有血有肉非常真实、内心柔软甚至可以袒露自己脆弱的父亲、朋友，可以看出他待孩子民主、理性又不乏真情流露的可爱。当然，更如有人所评价："他对儿子的谆谆教诲，不仅在读书、学艺，更在做人。借着这些，傅雷自己也成了知识分子的标本。"

这本书是为纪念父母饮恨去世十五年而编，儿子傅敏在编后说："编录了这本家书集，寄托我们的哀思，并献给一切'又热烈又恬静，又深刻又朴素，又温柔又高傲，又微妙又率直'的人们。"可以看出，这字句里饱含着成年后经过人世磨炼的子女对其父母为人的感怀和欣赏、爱与尊敬，这种情感在这个排比句里有很克制、含蓄，甚至有一点诙谐而又深沉的表达。

（作于 2016 年 12 月）

八

青春寄语

致青春的你

当风铃发出一瞬空灵的清音,在我心里,那是青春的妙音,充满友情无限;当一群白鸽在春天的空中飞过,在我心里,那是青春的纯真,充满理想志气;当你骑着单车走在上学的路上,在我心里,那是青春的影像,充满成长的朝气……而这一切美好诗意的遐想,都缘起于你,每一个可爱的"小龙人"的读者。

岁月是一条不停流淌的河,流经我的人生,流过你的青春。走过花季多愁善感的你啊,让我们一起感怀人生,一起珍爱这如金的光阴!

即便走过的不都是风和日丽,即便有过绵绵雨季,但一定有那么一日,你会感慨,柳暗花明,青春因此更多彩,更闪耀!

我知道你正在用敏锐的思考褪去稚嫩,你探寻人生的意义,你如此努力地在写着这"人"字……

岁月静好,和着春天的蓬勃气息,在新学期的扉页上,我为你写下这心曲。

（原载于《小龙人学习报》2014年3月八年级花季雨季版）

青春路上，我们在一起

岁月更迭，十几年来，《小龙人学习报》已深入广大小读者心中，成为陪伴同学们快乐学习、健康成长、承载同学们成长记忆的少儿纸媒。

青春路上，我们在一起。青春是破土而出的种子，那是一段奋争而努力发现生命的日子；像明信片上春天里的树荫，那是一段朦胧却明媚的时光；像在玩迷宫游戏，活力的头脑充满冒险，一不小心就在自设的游戏里迷失，找不见来时路，独自徘徊着孤独着，所以那也是一段衣食无忧但有过深深迷茫的年华……

也许，正是因了如此，生活的多味才让我们一点点成长。

想想，在青春里，青涩而纯真的心，都是那样渴望友情，渴望理解，对吗？"小龙人"这个朋友，这位灵魂友人，可以给你需要的陪伴么？那么，让我们用精心编撰的文字，帮你梳理成长的心绪，倾听你长大的烦恼，积淀你成才的素养……

正如隆德二中八年级(4)班的张子圆同学对"小龙人"所说，"在我跌跌撞撞的青春岁月里，你始终陪伴在我的身边，我们——携手走过最美年华！"而这里，"小龙人"要和你击掌，大声说，"走过青春，我来和你做伴！"

（原载于《小龙人学习报》2014年9月八年级花季版）

致最亲的人

有调查显示，在中小学生的人际冲突中，不是与同学朋友，反而是与父母的冲突占比最大。细想，因为他们是这个世界上我们最亲的人，因最亲近，也就难免。

也许现在的你有很多话要对父母说，好的不好的，但你始终没开口。每个青春期的孩子自我封闭的内心世界里，都有好多话，也许是秘密，也许是自己找不到出口，但我们尝试着表达的时候，正如有句话这样说：若能表达，爱也好，恨也好，都是一件多么快乐的事。

当我们尝试着用纸笔表达，也许会带给你另一种诉说的妙趣和感动。本期银川市铁路中学八年级(6)班的同学们在班级开展过"和爸爸妈妈谈一次心"的活动，在此遴选了同学的文字；我作为编辑，更作为家长，也带头写了给自己孩子的话。一人一世界，让我们互相走近。

纸笔留情，似水年华是不是就可以流逝得慢一些、再慢一些，转瞬即逝的青春是不是就可以剪裁得长一些，再长一些。多年以后，我们是否还记得那些一起走过的阳光和风雨，就让我们用文字铭记那些我们一起经历的感动……

（原载于《小龙人学习报》2014年10月八年级青春密码版）

最强少年，你在哪里？

中国梦，是每个中国人的梦。习近平总书记提出的实现中华民族伟大复兴的中国梦，让中华各族儿女振奋不已。而我们少年的梦该如何去书写？耳畔回响起梁启超先生写就的《少年中国说》：

"少年智则国智，少年富则国富，少年强则国强，少年独立则国独立，少年自由则国自由，少年进步则国进步，少年胜于欧洲，则国胜于欧洲，少年雄于地球，则国雄于地球。"这篇著名的文字虽写于百余年前，时代不同，但"以天下兴亡，皆在我中国少年的奋发有为"的声音是如此雄浑厚重，激励人心。穿越了百年的历史风云，在实现中华民族伟大复兴的中国梦的征途上，这个声音愈加荡气回肠，身为少年的你，听到了吗？

"少年强，则中国强"，《小龙人学习报》在中小学版开设的"寻找最强少年"栏目，就是要激励每个少年人做最优秀的自己，发现最优秀的自己，做最强少年。"最强少年"不唯成绩而论，如果你在某些品质方面突出或有自己的故事可讲，如孝敬父母、自强不息、勇于创新、乐于助人，或有属于你的特长才艺，你就可以成为最强少年，一展风采。除了校方或老师推荐，你也可以毛遂自荐。

亲爱的同学，快快拿起笔来写下自己的故事吧，也许你就是我们要找的"最强少年"，而人生中的这次书写，很可能点燃你人生中最亮的心灯！

（原载于《小龙人学习报》2014 年 10 月八年级花季版）

拿到那把开启生命的钥匙

当我提笔为同学们写"新学期寄语"时，心里似乎有太多的话要说，但总结成一句话就是：在每个忙碌的日子，无论如何，希望同学们拥有快乐、明亮的心境，收获一个无悔、奋斗、饱满的青春。新学期新气象，这就当作是我对同学们的新学期祝愿吧。

但祝愿归祝愿，如何能拥有祝愿的日子呢？就像作家秦文君的作品《活着的一万零一条理由》标题所言，也许答案也含蕴在这个如此宏大却又可以从细微中去思考去体验的命题里。

这里，我想说，如果活着需要理由，面对这样一个充满精神诱惑的命题，你又将如何找到最令你信服的理由呢？

这时，我想到了"语文"这两个字眼。"语文"可以是我们找寻活着理由的一把钥匙，一位向导。我曾在专家口里听到过这样不同版本的对于"语文"的诠释："语文的成长，是生命的成长"；"语文是要给予人一个善于思考的头脑和一颗诗意而善感的心灵"……这些诠释，或抒情、或深刻、或直白，都揭示或引领我们洞悉语文学习的本质意义。是的，我们学习语文是为了答对考卷上那一道道题目，是为了考到令人欣喜的成绩，但学习语文的意义却也不仅仅在于此。可以说，从字词句的积累开始，语文在引领我们走进知识的殿堂后，还给予我们丰富的情思、人生的智慧，引领着我们去思考、去感受、去发现生命的美丽，人生的丰富，去理解生命的欢喜悲忧，去领略自然的瑰丽神奇……

"语文"给予了我们一颗发现生命的"慧眼"，用一颗谦虚好学的心拿好了这把钥匙,你会发现你活着的"一万零一条理由",你会在看似平淡无奇的人生里发现、领略让你会心的魅力和深意!

(原载于《小龙人学习报》2010 年 3 月 8 日八年级花季版)

在"被设计"中发现你的自由

在编辑 3 月 22 日"舞文弄墨"版的时候,李晨凯同学的作文《放开我的天空》,让我心头为之一震。

之前很多次编辑来稿,也见到同学们对课业繁重、升学压力大等情况抒发苦闷的习作,但相对来说,其表达常常不过只言片语的抱怨。而这篇习作从始至终都表达了其对学生生活的一种反思。其中融入了小作者深刻的个人体验,他由要升重点高中的压力而想到人生的意义,感到迷茫、困惑,"放开我的天空!"——结尾这句,带着强烈的自主意识,带着那么些倔强,是来自心底的呐喊,更是一种富有个性的对学业、师长"束缚"的抗争,同时也让人感受到发自青春心灵中那种负重忍耐的力量。

如果说这篇作文的调子有些灰色的话,我依然欣赏小作者对自己情绪无畏、真实的表达,可以肯定的是,他的表达不仅仅体现了文采,也很有思想深度,更为有意义的是,他可能代言了一部分同学面对学业的内心思索。这也促使我脱离作文写作的角度,就文章所表达的思想和同学们说说心里话。

编辑这篇作文,令小编内心也不时腾挪跌宕起那段中学时代对读书生活的感受:无可否认,我们一直想扮个乖孩子,不想学习、找不到学习的明确目的,这类的情绪和思索我们宁可压抑,不想也无从说与他人听。面对日复一日的读书生活,有时觉得困惑甚至感到心灵在痛苦煎熬,也曾强烈渴望过一种不被父母、学校硬性"设计"的生活,也曾内心自问:难道这就是我们必须要过的生活么?为什么要单单过这样的生活?难道不可以有另外一种长大的形式吗?人生的意义究竟是什么……但往往越想越乱,到头来连自己最初思考的初衷都遗忘了。现在想,有过这种痛苦思索,也许本身是一种生活压力的折射,也许是我们生而为人对活着的一种睿智的觉醒,也许不全都是坏处,但脑子里确实增添了许多无谓的干扰。

若干年以后,当我工作上班了,在同学们看来是大人的现在,再思考"我们为什么要上学"这个问题,我想,其实通往目标、梦想的路也许是被规定的,我们抵触、抗拒这种"生硬"的设计,但脱离了这种"被设计",我们更多的人或许会陷入更大的迷茫与困惑,这简直是一个关乎生命的哲学层面的命题了。

这里,如果我们能试着换个视角审视学习,如果我们能调动积极的思维方式对待学习,如果我们能抽空阅读一些朴素的生命哲学(比如周国平的文字)和励志书籍,也许我们就会被开阔、深刻的认识引领着,它能甩开这些迷茫、困惑所带来的思想包袱(有时候它的确成为了身心沉重的包袱),心域就会逐渐被拓展,而变得开阔、圆通、灵活,能更睿智和谐地看待一切,包括自己的生活和学习,你甚至会在看似被人设计后的生活里发现自由,进而主动设计或创造自己想要的学习与生活。

中学时代这段经历,学习竞争是一种压力,但也是一种成长的动力;考上重点高中是压力,但也是一种挑战和搏击;父母师长的殷切期望,有时也是一种压力,但首先是一份温暖……可以说,中学时代,它锻造着我们可以享用一生的心志,讴歌自己的这段峥嵘岁月吧,而你我大胆地自信地喊出:如果改变不了现实,我们可以改变自己的态度和心情,世界也由此改变!

(原载于《小龙人学习报》2010年3月29日八年级读书版)

贺卡里的青春

　　这一纸贺卡，是落上青春的彩蝶，是青春的一次闪耀，是青春的一张奖状……这对折的贺卡，看着单薄，却装满了青春的勤奋、才气、荣耀、故事，它在悄悄收藏着一段属于你的花样年华——在《小龙人学习报》发表过作品的同学都会收到一张本报编辑为你寄出的祝福贺卡。

　　每次给同学们写贺卡的时候，脑海里总会浮现出这样的情景：在同学们羡慕的眼神中，这盛满荣耀的贺卡被老师隆重地授发到了同学手中，这位同学看着报纸上印成铅字的自己的文字，抚摩着手中温暖的贺卡，可以快乐好几天……也许，这一篇作品的发表孕育了一位文豪也说不定呢！

　　每每给同学们写贺卡，都觉得是一次和同学们真诚互动交流的机会，会有意识平息一下自己因忙碌而变得浮躁的心，认真针对同学们发表的作文内容或文字流露的个性气质，给同学们留几句鼓励的话。有时我还会在贺卡里用红笔画上几颗错落有致的星星，以增加美感，以示祝贺。还有，要在贺卡的封皮上，给同学们画一个大大的笑脸，代表编辑是带着美好祝福和诚意送出这份贺卡的——你记得每一天要快乐一点哦！
贺卡里的青春很精彩，你收到这张贺卡了吗？

（原载于《小龙人学习报》2010 年 11 月 8 日八年级读书版）

谁动了这把木梳？

——小编写给同学们的一封信

嗨，你好吗？

春来了，却还留恋着冬的背影。这个落雪的午后，我在飞雪连天的静谧里思考，正在准备着这期读书版面，而你又在干什么呢？也许正在上课，神情专注不容打扰；或在题海里摸爬滚打，头也顾不上抬一下；或者正感到学习生活的无聊，望着教室窗外的飞雪走神吧……如果是这样，我想有同学会跟我戏谑地说："拜托，别再给我增加负担啊，哪有闲时间读书呢！""我更喜欢网络动漫，让我再捧书本，不人道呀！"……

可看看，《小龙人学习报》现在已把"读书"提到一版的显要位置，之所以如此，也是想让同学们能意识到阅读的重要。而我作为读书版的编辑，这块版面只要能让同学们意识到读书的好处，再高一点，如果同学们从此有了读书的习惯，那我可是相当欣慰了（这架势看来又是一场旷日持久的读书动员会了）！

可我实在厌烦说什么"开卷有益""腹有诗书气自华"云云之类的话了，如果非要说，我还得理解各位。这年头，做个网虫很容易，要做个书虫真不一定有这个静心。网络、电视、电影，纷纷杂杂吸引眼球的诱惑太多了，这个感觉大人孩子都有。再说，同学们在学校已经累得够呛，还能有多少精力去捧读课外书！增加阅读量对你们来说并非一件说要怎样就能怎样的易事。但我这里要说，只要你有点定力循着增加的兴趣读点什么，当然经典性的文字是最好不过了，慢慢地，当你发现只看了几篇课文，只算了数学题，心里就没着没落，好像离开了书本生活就缺少一股劲儿，觉得内心寂寞空洞时，那就对了，大概你是读书上瘾了！这应是值得恭贺的喜事。这就应了常说的关于读书的口头禅，三日不读书，便觉语言乏味，面目可憎。这时候写作文会慢慢变得容易起来，要我说，你已从容步入了提高语文素养的必由之路，你会发现对生活你还能品出多种滋味。

我不惮以最坏的想法去猜度同学们的阅读经验，事实上，很多同学们都来稿表达了他们对书籍、阅读由衷的热爱和享受，有些见地还颇深刻，让小编我慨而叹之，自愧弗如。我不知道现在的你是否喜欢阅读的感觉，但我知道，包括我在内，我们都喜欢追随快乐，追求时尚，崇尚一种由内而外的酷，不是吗？

如果这里你不嫌我太酸的话，我想把阅读比作是一把能给心灵以抚摩的质地优良的木梳。时尚的现代人都喜欢纯天然的材质，阅读正像这木质的有着温润感觉的梳子，它不起静电，保护心灵（像推销产品的），有舒筋活"心"的奇效（像卖药的）。据说，只要阅读有方，身心保健的功效是大大的有，最终的大结局是，它能让你拥有"一个善于思考的头脑和善于感动的诗意的心灵"。呵，如此说来，阅读打造的"酷"味是由内而外散发的，更是紧紧赶上时尚脚步的！

就此不再赘言，你可能已经耐着性子看了半天报纸了。我最后要说的是，如果觉得自己是个心灵稍显苍白的孩子，请你拿起这把木梳，它的魔力，自己体会。如果你是一个多思的少年，也请你拿起它梳理自己的青春和人生吧！

祝快乐！

你的大朋友

（原载于《小龙人学习报》2006 年 4 月 10 日八年级综合版）

疼痛而感恩的青春

一年前，当许多高三的学子倍感压力地迎接高考时，宁夏银川市唐徕回中的冯亚楠同学却把课堂、高考当作幸福的门槛用生命跨越，因为就在紧张的高考备考中，这位成绩优秀的花季女孩被查出癌症。她在生命最艰难的时刻，一直用博客记录着疼痛而感恩的青春，最终博客结集成书……

小编在拿到这本书前，曾只是想为了版面的需求来翻阅，不料心却在阅读的一开始就被紧紧攫住，竟不惜熬夜一口气读完。

其实，这样仅仅把它当作一本书来读或评价，或者仅仅把它当作"青春励志"类的书籍来归类，真有些言不及义或有失浅薄。因为，这里容纳着太多的生命的真实和感悟。病痛让生命、让活着变得如此清晰如此难熬，却也如此富有质量；书里有沉重，也有真实的青春的笑脸、阳光和爱；从某种意义上说，病痛没有让花季的花儿褪色，反而开得如此芬芳艳丽……书中的文字，纯净如水，感人至深，震撼人心。

一连串地用了这么多常用的形容词，也许让人觉得老套、乏味了些，但我并不觉得这样说夸张。小编是成人了，读了这本书，发现自己有时活得也很懵懂，错失了很多幸福。每天背着书包上学的你，或许有时会有些厌学、有些烦闷，走进这本书，说不定你也会发现你的阳光和快乐。

（冯亚楠，汉族，出生于1988年桃花盛开的季节。星座：白羊座。当时为宁夏银川市唐徕回中高三文科班学生，2006年6

月考入天津理工大学中文系。2007 年 10 月 24 日,冯亚楠的新书《像花儿般灿烂——女生亚楠的博客》首发仪式在宁夏大学举行。）

（原载于《小龙人学习报》2007 年 11 月 19 日八年级综合版）

书香醉人

——"书香少年"的开栏话

话说有酒香醉人,"书香醉人"可有此说法?

据说,古代人为了防虫蛀书,便在书中夹一种香草,书因此有了香气称为"书香"。书香还可指书墨和纸页散发的味道,因为爱书及味,称为书香。这里不再探究根源,要说的是,书香这词语里寄予着爱书人对书的无比倾心、尊崇的多重情感,它是可感的,亦是无形的——它是爱书人心头一片宁静幽淡的绝世芬芳;它是爱书人对书诗意到无可比拟的一种好感;它是文字或者说是精神和思想之美赋予洁白书页的一种高贵、灵性的气韵……

书香如此醉人,而一个与书亲密接触的少年又有什么气质呢?"腹有诗书气自华"……为了展示爱书同学的风采,让更多的同学好读书,读好书,会读书,读活书,《小龙人学习报》今年新设置了"书香少年"栏目。在这里,爱阅读的你可以讲述自己的读书故事,可以谈你看过的书(读书笔记或读书心得),可以诉说你的读书心情,总之,文字凡与读书有关皆成,千字以内,体裁不限。另外,请附上你的清晰正面电子照片、个人简介或个性宣言,还可以请老师就你其人其文进行点评。除了老师向编辑推荐爱书的同学,如果你觉得自己是个爱书人,也可以毛遂自荐给本报投稿哦!

亲爱的同学,你想不想做书香少年呢?那就赶快投稿吧,被封为"书香少年"可是一种莫大的荣誉呢!

(原载于《小龙人学习报》2011 年 3 月 14 日八年级读书版)

成长是一件丰饶的事

踩着岁月的阶梯,我们走进了花季深处……

哦,花季多美啊,而成长是一件多么丰饶的事……

生命的每一天,都是人生链条上的一颗珍珠。珍珠是美丽的,而一颗珍珠要呈现自己的品质,却要经过"蚌病成珠"的磨砺(据说蚌体内嵌入沙子,便分泌出一种物质疗伤。久而久之,形成一颗晶莹的珍珠),所有生命的美丽, 也包含不怕挫折失败, 有时候往往是挫折锻造了我们生命的光彩,挫折也丰饶了我们的生命!

只要你愿意,只要你足够耐心,只要你有一颗热爱生命的心,不论是欢歌和笑语,还是磨砺和痛苦,这一切在心海里都将滋养、打磨那珍珠,使其孕育耀眼的光泽,这也许就是成长。

(原载于《小龙人学习报》2009 年 3 月 9 日八年级花样年华版)

奋发向上是成长最美的姿态

走过初一的新奇兴奋，踏着青春的欢歌，我们该上初二了！

初二虽然是我们人生篇章上的一个逗点，但它足以点醒我们的努力！我们知道，人生的每一个阶段都是成长的一环，我们要用平常心对待"升级"。功课多了些，书包沉了些，不是什么大问题！我们要用一颗昂扬的心，投入行动来应对，相信成长会收获充实和从容！

初二是人生篇章里最诗意的一页，诗意能把青春的忧伤都化为美丽。花季雨季，你心里藏着青春成长的秘密，欢喜悲忧是那样密集，就像一不小心冒出的青春痘，让你应接不暇、猝不及防！不过可要记得，青春的阳光总会穿透短暂的阴霾，相信，成功的密码就藏在你征服难关的勇气里！走过去了，都是一段风轻云淡的歌。

初二还是什么呢……初二是属于你我他的一段美丽时光，我们正要走过，相信，每个同学都会拥有自己的精彩，都会在成长的履历上写下自豪……

奋发向上，是成长最美的姿态，这样的青春才足够闪亮！

（原载于《小龙人学习报》2009年9月7日八年级花样年华版）

幸福人生进行时

在本期版面上,《带着真诚的心走路》里,李珊同学的读书感悟让人在沉思中有一种感动。在社会上,人与人之间虚与委蛇的例子不少,似乎拥有一颗真诚的心并不容易。但我说,暂且不去要求别人,如果一个人做人做事能真诚地面对自己的心灵,能保持一种自省,这就是可贵的。如果内心能坚守自己认为珍贵的东西,就更为可贵。"比糖果甜蜜的是拥有一颗梦想、快乐、道德与和谐的心。"这话说得多好啊,这里不是板着面孔教化人,我只说,读书可以塑造诗意的人格,如果能被书熏染,最终内化出这样的品质,就走在幸福人生的进行时里了。

刘慧同学的读书杂感最让人动心的是她分享的阅读对于作文提升的经验。这里小编就不赘言了,用事实说话最好。另外,让人思考的是,小作者提出读书要有选择地读,有些对成长不利的书"不读为妙"。这话说得有点客气,但语气背后是严肃的。这使我想到,以前让同学们读书,似乎全然美化了"书籍",好像全世界的书都是神圣和智慧的承载,都要虔诚去读。当然,这是在广义上和大家去谈书的,在具体的阅读中,确实要分良莠。

君不见有些地摊上甚至书店里,常有书名、封皮画面煽情、猎奇的书籍摆放,暂且不说里头的内容,仅这门面就让人窥见色情、暴力的取向。媒体上常有青少年因上色情暴力网站(读此类书籍效果雷同),走上犯罪道路的事例,这可不是吓唬人的话。

以上的话,就只当是小编多余的担心了。

还有，有些书可能没有色情暴力的内容，但它从文字表达到思想内容都很粗糙，初看几页，就可以按自己的读书品位把它弃置一边，不必为它再费眼力。

（原载于《小龙人学习报》2006 年八年级读书版）

我和青春，不说再见

各位领导、各位同事：

大家好！

近些年，当电影和文学狂热地缅怀终将逝去的青春时，我发现，从我二十几岁进《小龙人学习报》到现在，我和青春，一直没说再见。我在进校园采访的时候也常和孩子们开玩笑说：我是记者，我也是你们的朋友，我和你们一样一直没走出校园，没走出青春期，因为这些年做《小龙人学习报》的记者，我一直要关注你们的青春成长。

一是讲述孩子们自己的青春故事，激发输送成长的正能量。

这些年，用文字和影像记载青春，表达青春，写下青春的故事，我采访过很多孩子。当然，最生动的、记忆最深刻的，还是那些少年有志或特立独行的孩子。

2014年4月我曾做过一期"青春@面孔"的专题。14岁的马晨歌，当时是银川市回中八年级（13）班的班长，还担任校学生会主席，学习成绩也排在年级前列。她长得像新疆姑娘，有毛茸茸的长睫毛，长长的头发自然地拢成简单的马尾。初看，只觉得她身上有点文艺小清新的味道；听她说话，竟有大大超于年龄的机敏和成熟。她的青春除学习外，还有着一般孩子难以想象的内容：她在12岁的时候通过上网了解到"网络配音"，后来通过网络建立了自己的配音社团，之后通过两年时间的坚持和努力，她拿到了中国权威的普通话考级证书，配音社团也发展到有来自全国各地300多人的规模，在她的主持下，社团已经进入商业运作模式。除网络配音外,她还学习用 photoshop 软件给一些游戏战队、奶茶店等设计商标,虽收费不高,但用她自己的话说,"也是给未来的自己开辟了一条路"。说起未来,她有很清晰的规划,方向是考中国传媒大学播音系。

当很多孩子面对书本单纯地求解标准答案的时候,这个情商智商双高的 14 岁女孩却有着这样的青春感悟:学生会学习能有很多出路,但是只会学习就只有羊肠小道可走。

这里,其实不管学霸还是"学弱",每个孩子都有属于自己独特的青春。人说少年情怀总是诗,如今在我看来,少年的面庞,活跃的思想,创新的做法,都是绽放的青春诗行。他们五彩的青春也感召启示着我,给我添加着一份生命的热力。

二是用孩子们的青春视角,关注教育成长。

走进校园,关注的最终落脚点是成长和教育,作为少儿报的记者,要用孩子们的青春视角打捞新闻"活鱼",给孩子们讲述有价值的教育故事。如今都说孩子早熟,但说起青春期教育尤其是性教育,很多家长和老师都觉得难为情,有些不知所措。2013 年 5 月的一天,当我走进银川市十八中初二(4)班时,班主任雷月红老师的做法让我为之一振。

雷老师告诉我,她已经带了三轮班主任,她渐渐意识到,青春期性教育话题不能再回避了,必须面对面消除同学们的好奇,引导同学们走进健康科学的性观念,因为她觉得这份责任越来越重,她给我列举了几个理由:现在的孩子营养好,身体发育早;如今有很多方面如影视剧、不良书籍等给青少年有不良的性导向,最触目惊心的是同学们的手机,随时随地都能弹出不良图片;还有一些校园性侵案的发生让人不得不深深地警醒……

一如雷老师的 QQ 网名"细雨如丝",她平易近人,润物无声,被同学们亲切地称作"雷妈";但面对进入青春期躁动的同学们,"雷妈"也有"雷"的一面。她给我讲述了自己亲历的关于青春期的性教育故事。

一次生物课上要讲人体的肌肉和骨骼,这天课前,生物老师陈伟(女)为避免班级骚动,没把手里的人体模特直接放到讲桌上,而是悄悄放到了讲桌下,但这还是引得班里的男生一阵哄笑,有些男生还曳着脖子朝讲桌下看……这一幕正好被经过教室的班主任"雷妈"看到了,她用眼神给陈老师示意了一下,便径直地走上讲台,把"模特"摆到了讲桌上,她严肃而又不失幽默地说:"同学们,请看,这就是人体,看看我们都长什么样……"至此,男女同学在一派轻松的气氛中大大方方上起了生物课。

雷老师说,论年纪自己都能做同学的妈妈了,她会利用班主任天天要和同学们面对的便利和亲切,在班会课上或发现问题时及时和同学们交流。她说,就在采访前的上个月,当在手机新闻上看到某地男生因打闹造成睾丸切除的伤害事件时,她利用一周里的两个下午放学后的 20 分钟时间,分别单独留下男女生,从妈妈的角度,很严肃地给孩子们讲青春期自我保护……

其实,在当下青春期性教育,也是广大家长和社会都在关注和担忧的急切之事。雷老师的所思所急所做让人看到一个老师关注学生成长的高度责任心和教育智慧。

三是如果说"青春"是一本书,我和孩子们一同读"青春"这本书,也引领孩子们走近生活中的好书,发现生命的诗意和美丽。

这些年,我一直是中学读书版的编辑。我通过采写新闻引领孩子们读书。比如,发现书香少年,让孩子们身边的榜样激励孩子们爱上阅读。近十年来,我还撰写个人专栏"小编写博""越聊越欢",引领孩子们读书成长。目前已完成 8 万字左右的文稿。我还积极加入到报社促进少儿阅读的各项活动中。就在几天前的 7 月 20 日,本报读写之星表彰系列活动圆满举办。在本报发表头条作文的银川市十八中陈思彤等来自全区 17 所学校的35 位同学被评为"读写之星",并参加报社安排的文学讲座及采风活动。而自 2007 年《小龙人学习报》开办"读写之星"栏目以来,近十年,有 400余名同学获得"读写之星"殊荣,一批批由栏目脱颖而出的"文学新苗"茁壮成长。

青春的颜色火一样的红,青春的颜色天一样的蓝,转动生命的调色盘,青春的色彩五彩斑斓。穿越在孩子们的青春里,我的工作,就是《小龙人学习报》记者工作的一个缩影，在同龄人都和青春作别的时候，我们和青春，不说再见。

（报业集团"好记者讲好故事"主题演讲稿 2016 年 8 月）

后　记

　　2016年秋，一次偶然的机会，经由宁夏人民出版社总编辑何志明、校友张旭东两位先生推荐，我的文字收入了由西吉县文联策划的丛书。

　　在此，于两位先生，于西吉县文联，我深怀谢意。

　　于我自己，则是一件侥幸之事。之前从未想过自己的文字会出书。而之后有很多次，在我为出书整理、编辑文字的时候，自己多次感到汗颜：在这样一个信息发达，微信微博畅聊、记录，人人都是书写者的时代，无名者的出书被人斥为"又在制造文字垃圾"。我也多次觉得自己的文字拿不出手。但是，终于还是被几个亲友怂恿，忽又生出一些勇气，硬着头皮面见读者了。

　　这点文字，无论如何，说来还要先感谢我工作的报纸。

　　因为我真正的阅读是从任《小龙人学习报》编辑开始的。

　　为何如此说？

　　一来，小时候经见的书籍非常有限；二来，以前的读书基本是为了应试，很少能从中体会到读书的乐趣。从2001年3月进《小龙人报》(2006年报纸改名为《小龙人学习报》)，我就一直主持着"读书版"，十几年来从未间断。

　　《小龙人学习报》由知名报人、现任宁夏日报报业集团总编辑的沙新先生于1996创刊，为宁夏第一份也是唯一一份少儿报纸。报纸创刊二十余年始终秉承"一切为了孩子"的办报宗旨，为全区少年儿童的健康成长提供精神食粮，深受孩子们喜爱，成为很多孩子成长记忆中难忘的读物。

和这样一份载着童心的报纸结缘,虽工作与现实的生计相连,但毕竟不比学生要面临考试一样棘手,工作闲余翻书就有了消闲的意味。同时,我也意识到,办这个版面,要引领孩子们多读书、读好书,培养阅读习惯,这也正是办报育人之要务所在。如若弄不好,就是误人子弟,便无形中多了一份以编者身份审视、重视少儿阅读的责任,同时也倒逼自己多翻书。我发现,《小龙人学习报》在给孩子们丰富的精神食粮的同时,也把作为编辑的我浸在浓浓的书香里,这浓浓的书香也深深哺育、滋养了我的精神世界。

很多时候,版面上除了"名家谈读书""书摘一叶""书香一缕(发表孩子们的读书笔记或心得文字)""新书上架"等主打栏目外,其他全做文摘的版面,作为报纸的编排也未尝不可,但编辑不站出来亲自发一点声儿,似乎与小读者有隔离感,我便尝试通过文字跟孩子们互动。如此便从2006年始的十多年中,先后开过"小编写博""越聊越欢"小专栏,和同学们谈读书成长,有时候也确是因开了专栏,不能空档,就硬挖强挤一点儿文字。

不过,一味直通通地强调让孩子们读书,这面目和口气,就显得说教、生硬。后来又发现,除了说读书,写一点儿个人感悟,寓理于事,或结合孩子们的成长,通过自己走过青春期的感受试图与孩子们寻得共鸣,如此似乎面目没那么可憎,反而渐渐自在了起来,也算尽编辑之责。其间,也多次得到《小龙人学习报》黑玉红总编和同事的热心鼓励,在此深表谢意。

但无论如何,在后来的编辑工作中我发现,在孩子们白纸般洁净的心灵上描绘底色,是一件谨慎而艺术的事情,而"小龙人"这份报纸本身就是一个精神世界阔大宏伟的高师,我作为编辑要指引孩子们,而它也在无形中一直指引着我——它是我和孩子们共同的老师。

就这样,以编促读,以读悟写,再以写促读,阅读慢慢成了习惯,成了我热爱生活的一个理由。为此,业务之余,一点儿兴致亦未能脱了文字,常被闲书所牵,也将翻翻闲书当作淡淡生活一种消遣,一种对身心的疏解,乐此不疲。心有所感时,常有怠惰,偶亦动手记下点滴随想。

当年我在宁夏日报报业集团新闻大厦6楼办公,同在3楼的《宁夏日报》副刊编辑王庆老师，也曾用珍贵片语启发指导过我，我就近投稿给他，承蒙老师鼓励，刊发过文字多篇。

在成书过程中，还要特别致谢西吉县文联副主席陈静女士，她在百忙之中数次和我电话、网络沟通，给我传来制作好的电子书稿，并耐心提议修改、精益求精，让书稿以最好的方式呈现。其间有一次，我给她QQ留言，还有改动，希望将电子书稿的新稿再传我，她给我回复，还有出版社的编辑要仔细校对，让我不要担心……当日下午登录QQ，一上线，就收到了她在中午1点多发来的文件。想必她是连午休都省去了，不胜感激。

在此，我还要特别感谢为我写序文的宁夏师范学院副院长、文学评论家郎伟先生。

郎伟先生曾在我上大学期间带过我们班的当代文学课。

当时先生作为中文系最年轻的教授，又刚从北大研究生毕业回校，是大学里有名望的青年才俊，按现在的话说，很多同学都是他的粉丝。

至今仍记得郎伟先生讲课的情景：他身材高大，气度儒雅，常站在讲台靠窗那一侧，言语滔滔，出口成章，行云流水。听他的课，是一种能大开脑洞、提升灵魂的精神享受。这样的课堂每每令同学们期待，只叹息课时太短。先生在课堂上多有高见，引领我们步入文学的瑰丽殿堂看风景，认识文学，结缘文学，品鉴文学。他有一句话同学皆知，后来成为流行语："女生徒有其表的美丽，是浅薄的动人之处。"凡此种种，一般听过郎伟先生课的同学，均对他的课和人留有深刻印象，校园中也见过有写他的美文流传……

如先生序中所言，我是2005年前后初到当时的《小龙人报》工作，为中学生读书约稿而与先生重逢的。第一次约稿，话题大概是武侠小说方面的，本来想先生也许很忙，能否约到也未可知，但在知道我是他的学生后，先生热情而爽快地答应了。那次，先生写了一篇2000多字的文章，至今记得他结合自己的阅读经验认为，中学生喜欢武侠作品无妨，培养阅读兴趣可以从金庸小说始，他自己就是金庸迷。先生在文中写道：他也用这样的办法引导爱子爱上阅读。我至今还记得先生文字中提及"有华人的地方就有金庸"，还有他引用的"飞雪连天射白鹿，笑书神侠倚碧鸳"的诗……

借师徒之缘，我曾多次向他约稿，先生每次都在百忙之中尽早发来文字。编辑遇到这样的作者也是一种福气。其间，有些教育现象需要专家意见，我也采访过他，他会很认真地到现场说或索性写成文章发来。也曾在报社举办的"名家进校园"活动中邀约先生作为嘉宾为中学生做读书讲座。记得在宁夏长庆初级中学的那次讲座，先生关于读书的高论哲思，如醍醐灌顶。有一句他引用的关于读书的名言很打动我："书籍是思想的玩具。"作为编辑，多次在网上为孩子们搜罗过读书名言，但这句话并不能直接在名言中搜得。写这篇后记时给这句话加上作者(英国小说家、诗人 D. H. 劳伦斯)一搜，才发现出处在书籍《书之尊：劳伦斯读书随笔》，这本书被誉为"现代文学批评中少有的杰作之一"……由此可见先生学养积累之深广，我还借此写过一篇小文，载在本书中。

若说约稿是私事加公事，那么这次邀约先生做序则是纯粹的私事了。先生现在作为校领导，想必教学管理、学术研究等各种事务颇多，但电话打过去说明意图后，他也一如以前约稿爽快答应。

在将厚厚的一叠纸质书稿初样邮寄给先生的那一刻，我想我又给他繁忙的工作添了累，需要他加班看稿，很辛苦。对于确实成熟有品的文字，于评论者来说，虽辛苦但也是有成就感的事；但对于庸常文字，对于评论者可就是要做"无米之炊"，没话找话，说不好就是一种为难。

待到先生在百忙之中又一次发来关于我的文字的 2000 余字的评论时，首先感动于他"认真地通读了全书"；其次，也让我陷入反省与深思。正如先生所言，如今散文创作没有门槛，"很多所谓的'散文'之所以不动人，其中的原因是所表达的人生情感不深厚，也不独特，所记述是人云亦云，所思索是肤浅又肤浅。"先生并不刻意指我，但坦率来说，我的文字自认为也存在这样的缺陷，当然这也是自己努力不够能力悟性有限所致。

先生的序，带有一种真实、分寸和得当考量而赋予的力量。先生的有些话在我心里，像搁置下一个重物，让我得到一种鞭策，觉出一种分量，也感到一种踏实。

　　先生在文中也对我的小文做了相应的肯定和鼓励，并提出了期许，我为之感到欣喜。我的工作本身就是与文字打交道，以后还将持一颗平常心，工作之余，继续涂涂写写。正如先生所言，要提升"人生和写作的境界，这其间，有着坎坷的路径和难以躲避的风雨"，于我自己，借先生鼓励，我会努力，也顺其自然。

　　再一次对先生作序深表谢意。

　　眼下将目录扫一遍，虽数量倒有了百余篇，但我自以为，内容轻浅。不过，它毕竟是我对工作、生活留下的一点痕迹。书名是文联一日要稿，没来得及细琢磨就拿其中一篇《觉醒的花园》暂作书名。当时觉得有诸多不贴切，待后来细想也未能想到更合适的，便定了下来。"觉醒的花园"，现在想，于我自己竟也是贴切的，因为以前读书少，那个所谓的"精神的园子"一直是混沌蒙昧的，现在慢慢觉醒了，也说得过去。

　　这本文字轻浅的小册子，如果一位小读者翻开能激发一点阅读的兴趣，一位成人能找到一点共鸣，那将是我的荣幸。

2017 年 4 月 6 日完稿

2017 年 11 月 16 日改定